没有书籍的房间，就像没有灵魂的肉体。

——西塞罗

启真馆 出品

三味
书屋

迤 逦 集

柯卫东　著

ZHEJIANG UNIVERSITY PRESS
浙江大学出版社

目　录

跋

第一辑

《孽海花》乙巳初版本

在旧书店的一间屋子里翻出两部书。北京的旧书店都有两间屋：一间是店面；另一间的书乃是不在店面卖的，只有常来并跟经理熟的人才能进去。这两部书就是在这种地方翻到的：其一为木刻本陈曾寿《旧月簃词》一册，其二为线装铅排的金松岑诗集一部两册，两部书都没标价。没标价而又急迫地想要，举一个例子可知其中的利害。我有朋友喜欢买照相版书，某次搜得一册民国版《南京景观》，经理拿过来一看即说："还没定价，先不卖。"回曰："都是老熟人，给个价卖我如何？"彼正色曰："那可不行，这是好东西，您过两天再来，放心保证给您留着。"再次去的时候，见此书标价为二千八百。后来听朋友告诉说，海王村俗称"三门儿"的书店，搬到琉璃厂西街改名为遗产书店，开张那天他买到同样的一册，售价仅七百元而已。

《孽海花》东京初版本，上下二册。

陈诗是一薄册，金诗两厚册，想到店员常以书之薄厚论价，以至拿了那不起眼的一册给店员看，而两大册的金诗则未敢启齿也。

金松岑为同盟会员，笔名金一，清末民初以翻译外国文学著名。《孽海花》最早是由他写起的，他写了五回，在留日学生所办刊物《江苏》上登了两回（《江苏》第8期，署名麒麟）。约在1903年或1904年间，金松岑把前五回的稿子给曾朴，其时曾正于上海办小说林社，他看了书稿，很喜欢这个题材，但认为由自己来写更适宜。事后他回忆说："若由金氏写的话，最多又写一部《桃花扇》。"

曾朴是前清光绪举人，世家子弟，少有才名，娶了吏部侍郎汪鸣銮的女儿，所以有机会与京中的达官名士相交游。金松岑《孽海花》的题材给了他灵感，使他想到写一本前所未有的书：以京师名妓傅彩云为主线，串联写他三十年见闻的官僚名士们的逸闻逸事。他把这个想法告诉金氏，金氏便顺水推舟让他把这本书续写了。所以在《孽海花》最早单行本的首卷，写着"爱自由者发起，东亚病夫编述"，爱自由者即金松岑，东亚病夫是曾朴。《孽海花》的前五回，曾朴虽有修改，但还保留了部分金氏的原作，从第六回开始，就完全是曾朴的作品了。

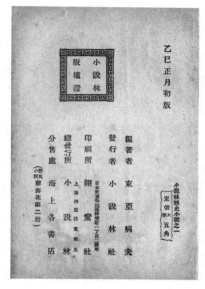

《孽海花》的版权页

《孽海花》于光绪乙巳（1905年）正月出版，为上下两册二十回本。出版后轰动一时，再版十五次，行销五万册，还不包括诸多的盗版本。这部书如此畅销，虽然因为写得好，但蔡元培先生的看法，也很有代表性，在后来追悼曾朴的文章里他写道："我是最喜欢索隐的人，曾发表过《石头记索隐》一小册。……《孽海花》出版后，觉得最配我的胃口了，他不但影射的人物与逸事的多，为从前的小说所没有。就是可疑的故事，可笑的迷信，也或根据当时一种传说，并非作者捏造的。加以书中的人物，半是我所见过的，书中的事实，大半是我所习闻的，所以读起来更有趣。"

1916 年，有署名强作解人的，写了一篇《孽海花人物故事考证》，一一指出其中所影射的人物，加上曾朴后来在《小说林》杂志上续写的四回，及一篇《孽海花人名索引表》，合刊为《孽海花第三册》，由拥百书局出版。

1928 年 1 月，真美善书店出有插图的新版，这个书店也是曾朴办的。他对原书做了修改，收录了以前在《小说林》刊出的四回，加上续写的六回，编为十五卷三十回的真美善版，这是曾朴生前手订的最后版本。但这本书原计划是要写六十回，在初版本的第一回还有六十回的回目，因而这部书始终未能完成。

《孽海花》因为是一部影射小说，其中的人物，或熟悉其中故事的，在清末和民国期间仍有人在，所以士大夫一类的文人学者都很感兴趣，研究谈论的人也很不少。这书的二十回初版本，因搜求的人多，在民国时已难获得。阿英是近现代版本的大藏家，其所著《晚清小说史》曰："《孽海花》二十回，东亚病夫著，首五卷十回，光绪乙巳由小说林社出版。丙午年续出次五卷十回。"后来不少资料都沿用这一说法，但这是错误的，两册为 1905 年同时出版。曾朴日记里说，他写前二十回一气呵成，只用了三个月时间，所以不可能两册间隔一年出版，可知阿英那时手里也没有原书可查。

我藏的两册《孽海花》初版本，是2001年时在海淀旧书市买到的。因为晚了一天得到消息，约了几位朋友一起来，按经验好书都应该卖光了。但经理很熟，见我们来了就从后面拿出来尚未拆包的几捆旧书。我先从中发现《孽海花》的上册，不久又吃惊地找到有版权页的下册。有时候我确实胡乱想过，但还真没指望能买到东京印刷的《孽海花》初版本，而且为完整的两册。后来听说书市上的这批旧书，多数是从王森然家散出来的。

《孽海花》由小说林社出版时，是送到日本东京去印刷的，我得的两册中，上册没有版权页，下册的版权页上写："乙巳正月初版，东京翔鸾社印刷。"可知两册是同时出版。此书封面由亚兰女史题"历史小说孽海花"，与魏绍昌编《孽海花研究资料》中初版本书影相同。然而现代文学馆所编《唐弢藏书图书总录》中，也收一帧《孽海花》书影，封面是彩色图画的，著录为初版本。封面彩图的清末版本，我自己有两种，还见过另外一种，皆是小说林印刷部所印的后来版本，但是没见过这一版，所以究竟是著录有误，还是有两种初版本，只好暂时存疑了。

2018年11月20日修改

《二十年目睹之怪现状》

《二十年目睹之怪现状》史家归为晚清四大谴责小说，鲁迅《中国小说史略》对之有如下的论述：

"作者经历较多，故所叙之族类亦较伙，官师士商皆著于录，搜罗当时传说而外，亦贩旧作，以为新闻。……相传吴沃尧性强毅，不欲下于人，遂坎坷没世，故其言殊慨然。惜描写失之张皇，时或伤于溢恶，言违真实，则感人之力顿微，终不过连篇'话柄'，仅足够闲散者谈笑之资而已。"

鲁迅的评价并不很高，是很客观的。作者吴沃尧，又称吴趼人，为广东南海人，居佛山镇，故又称我佛山人。年二十余至上海，为报纸写稿，后于汉口主《楚报》笔政。光绪丙午（1906 年）创办《月月小说》，共出二十四期，为《新小说》《绣像小说》之后主要的小说月刊。

《二十年目睹之怪现状》最初刊载于梁启超主办的《新

《二十年目睹之怪现状》广智书局版丙卷和戊卷，是此书
最早刊本。

小说》四十五回，后来陆续写成四卷一百〇八回，于光绪
三十二年至宣统二年（1906—1911 年）间，由广智书局先后
印成单行本八册。

吴趼人是多产作家，据阿英考证，共写过小说三十余种，
以《二十年目睹之怪现状》《痛史》《恨海》《九命奇冤》《劫
余灰》《上海游骖录》六种为主要。另外有《趼廛笔记》和
《我佛山人笔记》两种，为笔者所喜欢，此两本书有大达书局
的翻印本，但原本没见过。

笔者收藏《二十年目睹之怪现状》丙卷和戊卷两册，广
智书局光绪版，丙卷应为初版。此书单行的八本，阿英《晚

清小说目》著录如下：

第一册（甲卷）　一至十五回　一九〇六年二月刊
第二册（乙卷）　十六至三十回　一九〇六年四月刊
第三册（丙卷）　三十一至四十五回　一九〇六年九月刊
第四册（丁卷）　四十六至五十五回　一九〇六年十二月刊
第五册（戊卷）　五十六至六十五回　一九〇六年十二月刊
第六册（己卷）　六十六至八十回　一九〇九年三月刊
第七册（庚卷）　八十一至九十四回　一九一〇年八月刊
第八册（辛卷）　九十五至一〇八回　一九一〇年十二月刊

但我的丙卷版权页却是"光绪三十三年十二月朔日印行"，也就是1908年1月发行，戊卷则已失去版权页。

书署名我佛山人，三十二开，四号铅字印，有眉批，目录页后有尾花，单看这些就已经很古老。如今想收齐此八册已是无可能的事，所以我虽然只有两册，也不免视之如鸿宝。

2018 年 11 月 23 日修改

清末译本《三十三年落花梦》

日本人宫崎寅藏写过一本回忆录，名为《三十三年的梦》。宫崎出生于九州熊本的寒门武士家庭，精剑术，志向远大，1897年结识孙中山，以后即与孙一起致力中国革命。筹集军火，成立同盟会，辛亥革命，二次革命，他都参与其事。这本书是他在惠州起义失败以后，见事不可为，一度心灰意冷回乡作优伶以后写的。因为书中很多关于孙中山和中国革命，及与日本之间关系的内容，所以有很高的史料价值。

《三十三年的梦》有光绪二十九年（1903年）章士钊（署黄中黄）的编译本，取名《大革命家孙逸仙》，国内由此书而知孙中山。同年又有金松岑（署金一）译本为《三十三年落花梦》。这本书也是节译本，是把原书中与中国有关的部分翻译过来，在书首的"说略"曰："原文约十三万言，初译稿约得七万言，今复节至五万余言。自信事实不减，文字转觉

《三十三年落花梦》光绪三十一年群学社版，辛亥革命重要书籍

雅劲。"

这两种清末的译本被列为禁书，现在原本很难见，但《三十三年落花梦》尚有民国的重印本，是俞平伯重印的。其重印赘言（署 PY）中说他于二十年前雪夜闭门读禁书的时候读过这本书。因为想要重印，到处去找，结果只找到一册翻印的残本，后来有位朋友在乡间偶然得到原译本，他才得以完成这件工作。

我收藏的这一册原本，是光绪三十一年（1905年）的再版本，由群学社出版，小十六开本道林纸印，四号铅字，一百二十二页。首孙中山序，次宫崎寅藏照片（题"白浪庵滔天"），背面印垂红亭长（陈去病）题赞，其赞曰："猗舆滔天，东方大侠，眷我宗邦，奏其骁捷；一击不中，去而为优，潜龙勿用，我心孔忧。"

这本书的封面画不同于其他书，很有装饰性。清末早期的洋装书封面，或者只写文字，或者是画纹饰，少数有人物风景的也不过是纯粹的图画，似没有装饰画的概念。有朋友认为以这书出版的时间论，清末中国出版界已有很现代的封面设计，但有一次我在网络偶然见到此书的日文版，方知此书封面是仿照日本原书的封面重新画过的。

2018 年 11 月 15 日重写

晚清版《文明小史》

阿英在《小说四谈》中，有专文论及《文明小史》：

"李伯元的《文明小史》，在维新运动期间，是一部最出色的小说。一般人谈起李伯元来，总会强调他的《官场现形记》，而我却不作如此想。《官场现形记》诚然是一部杰作，但就整体地来反映一个变动的时代说，《文明小史》是应该给予更高的估价的。

"《文明小史》绝版了。大概也由于难于访求的原因吧，胡适之在《最近五十年来之中国文学》里，只用几个字带过这本书，鲁迅的《中国小说史略》，一样的止于提到。然而，我们不研究这一时期的小说则已，不研究李伯元则已，如果要研究的时候，《文明小史》无论从哪一方面说，都是一部非谈到不可的书。"

阿英的文学批评观，历来偏重作品的社会批判意义，不如鲁迅那样也重视文学自身之价值。在《中国小说史略》中，鲁迅对这类所谓"谴责小说"，有"词气浮露，笔无藏锋"的评价，认为在艺术上比讽刺小说《儒林外史》要差得多。

《文明小史》最早刊于清末期刊《绣像小说》，每回有插图两幅，后来由商务印书馆出版单行本时，所有的插图都没印入。《绣像小说》也是由李伯元主编，创刊于1903年，为晚清四大小说杂志之一，共出七十二期。记得藏书家中，周越然先生曾说藏有全份。

我喜收名著初版本，以晚清出的最难获得。有署名墨者（不知是否周越然）曾编《稀见清末小说目》（《学术》第一辑），于例言中说："清末社会情形，最为复杂，奇情百出，每不见于正书，都见之于小说，故是时小说亦特别发达。爰就平日所见之较稀出者，汇目如左。"共收小说二十八种，现列如下：

《新中国》（1910），《邹谈一嗂》（1906），《玉佛缘》（1908）；《中国侦探》（1907）；《胡雪岩外传》（1903）；《双泪碑》（1908）；《扫迷帚》（1907）；《斯文变相》（1906）；《迷龙阵》（1909）；《黄绣球》（1907）；《绘图最近女界现形记》（1909—1910）；《官场笑话》（1909）；《太虚幻境》（1907）；《浔州黑梦》（1910）；《可怜生》（1910）；《笏山记》（1908）；

《艮岳峰》（1906）;《新镜花缘》（1908）;《文明小史》（1906）;《梦中鬼奴记》（1906）;《冷眼观》（1904）;《美人魂》（1907）;《市声》（1908）;《新汉口》（年代不详）;《绘图魑魅魍魉记》（1911）;《歼仇记》（1907）;《十年游学记》（年代不明）;《上海之维新党》（1906）。

其中仅见过《扫迷帚》和《文明小史》两种。张静庐《中国近代出版史料二编》，收《文明小史》为珍贵书影，其下注："初发表于1903年的绣像小说，1906年（光绪三十二年）作者逝世后，由商务印书馆出版单行本，全书六十回，分上下两卷，四号铅字道林纸印，早经绝版。"

《文明小史》商务印书馆1906年初版本，上下两册。

我的这部《文明小史》初版本，是以一部木板初印的词集，与喜古本线装的朋友交换得来。

周越然是民国时藏书家，室名言言斋。他的收藏大概可分三类，一是西洋的珍本，二是明清刻本小说词话，三是晚清以来的近代出版物。自然他也有传统藏书家看重的宋元版书。收集近代出版物的藏书家，以周越然和阿英最为著名。

2018 年 11 月 25 日修改

苏曼殊《英汉三昧集》

曼殊的诗最为人所传诵的，大概是《春雨楼头尺八箫》这一首，其原文是："春雨楼头尺八箫，何时归看浙江潮，芒鞋破钵无人识，踏过樱花第几桥。"笔者距离曼殊的时代疏远，自幼又是接受的革命接班人的教育，乃至几十岁了才知道有曼殊这等人物。曾在什么书里读过俞平伯与朱自清先生论曼殊，认为他的诗年轻时喜欢，但少深和厚。他们的所论自然是有道理，可能因为曼殊的诗接近于唐，离宋诗较远。但如我这样的普通读者，读了以后有所感动也就可以了。

根据柳亚子《苏玄瑛新传》所说，曼殊是日本人，始名宗之助。未及岁父殁，母亲河合氏改嫁在日本经商的广东苏姓商人，后来随其回中国，时年方五岁。曼殊一生四处漂泊，十二岁入沙门，在香港随西班牙人学欧语诗歌，在上野和早稻田大学学西方美术和政治。与其交游的都是极有名的人物，如章士钊、陈独秀、章太炎、刘师培、汪兆铭之类。曼殊有极高的才华，擅英、日、梵文，他的画风很为萧索，画中常见一位背影孤独的年轻僧人，衣袂飘飘，看了让人十分难忘。

曼殊三十五岁逝世，著作很多，但好些已经佚失，他生前出版的书不知为什么都非常罕见。我所知还有流传的只有这几种:《惨世界》(1905年上海镜今书局出版)、《文学因缘》

《英汉三昧集》泰东书局1923年翻印本

(1907年日本东京博文馆印刷，齐民社出版)、《拜伦诗选》(1908年9月日本东京三秀舍印刷，梁绮庄发行)、《潮音》(1911年日本东京神田印刷所出版)、《汉英三昧集》(1914年日本东京三秀舍印刷所岛连太郎印刷，东辟发行)、《绛纱记·焚剑记》(1916年9月由甲寅杂志社编成单行本出版)。

《惨世界》我只在《唐弢书目》上见过一帧初版本书影;《文学因缘》原本没见过，只见过上海群益书社的翻印本，为小十六开的横开本，更书名为《汉英文学因缘》;《拜伦诗选》

以前曾在某网店见过一册东京版的第二版，白色三十二开窄本，文字烫金，为只展不卖品；《潮音》没见过原本，有湖畔诗社出版的重印本；《绛纱记·焚剑记》为章士钊甲寅杂志社编"名家小说集"之一种，三十二开窄本，仅此书在诸本中为流传稍多。

曼殊的著作中我最想得到的是《断鸿零雁记》，此书被认为是曼殊以自己身世为背景写的一部自传性小说，也是曼殊小说的代表作。这部小说最早揭载于《太平洋报》，未登完，曼殊死后的第二年，由胡寄尘在结尾略加修改，交广益书局出版，时在1919年。按说此书在国内出版，年代亦不算很早，不应该特别稀少，但实际上是绝之罕见，只于20世纪三十年代商务出版的梁社乾英译本中有一张书影，似是小开的手写体本，有栏格，至于原书，我想说不定已经没有了吧。另外还想得到的一种是画册，为1919年出版的《曼殊上人妙墨册子》，由蔡哲夫收集，李根源资助印行，共收画二十二幅，这书也至今没见过。

我所藏的曼殊著作，皆为后人所编辑，为柳亚子编五卷本《曼殊全集》、周瘦鹃编《曼殊文集》和段旋庵编《燕子山僧集》。曼殊的单行初版则一本也没有，但有一册《英汉三昧集》，是泰东书局1923年仿照原版印制的翻本。为纸面平装窄三十二开，开本和排版没有改动，依稀能见原版的影子，书名则由原来的《汉英三昧集》改为《英汉三昧集》。两年前西单横二条报刊门市部忽有此书的日本初版本出现，窄长条精装，黄色书面，文字烫金，印本非常精致，卖价为五百元。我去买的时候，前脚刚被别人买走，相隔几分钟而已，至今引为倒霉事。

《汉英三昧集》1914年东京三秀舍初版原本

附录：

二〇〇九年时，有在网上开店卖版画的认识的书商，在海淀中国书店三楼得一册原本《汉英三昧集》，转卖给我。虽然书品比当年失之交臂的那册略为逊色，但也算很不错，这仍是至今为止我所有的唯一曼殊单行著作。

2018年11月14日重写

徐枕亚《双鬟记》

　　"鸳鸯蝴蝶派"是一般新文学作家对旧派文人的称呼。这些活动于清末民初文坛，散发着旧传统气味的文人，正像有些论者所说的，单纯从艺术修养而论，比之多数新文学家要高明。但是因为观念陈旧，宗旨又偏向于趣味和休闲，所以与时代精神脱节严重，自然是无法代表此革命时期的文学，但也自有其价值。

　　有些旧文人不愿意自承是鸳鸯蝴蝶派，倒不是因为觉得名声不佳，如周瘦鹃在《闲话"礼拜六"》一文中，认为他自己是"礼拜六派"，而不是"鸳鸯蝴蝶派"。他说："至于鸳鸯蝴蝶派和写四六句的骈俪文章的，那是以《玉梨魂》出名的徐枕亚一派，礼拜六派倒是写不来的。"说的不是没有道理。按照他的说法，鸳鸯蝴蝶派实在只是民国初年出现的，写四六文哀情小说的文人，主要是徐枕亚、刘铁冷等而已。

《玉梨魂》可说是鸳蝴文学的开山作品，也是此派文学的经典之作，它是徐枕亚根据自身经历写的一部小说。《玉梨魂》的故事并不复杂，叙述一个年轻家庭教师爱上寡妇女主人，在重礼教的环境下，他们只能隐晦地表达彼此的爱慕，最后以悲剧结束。虽然也似乎打出反礼教的旗号，但实际上还是写了一个赚眼泪的老套故事。这本小说是以骈体写的，大概是这种写法与伤感的故事很相合，所以使得这部小说轰动一时。

　　《玉梨魂》最初刊载于《民权报》，后来《民权报》被禁，蒋箸超等在四马路另办民权出版社，在作者不知情的情况下，由民权出版社出版了《玉梨魂》的单行本，时在 1913 年 1 月（樽本照雄编《清末民初小说目录》）。其后徐枕亚与兄长徐啸天合办清华书局，并把民权社告上法庭，法庭判决《玉梨魂》版权归徐枕亚，以后此书即归清华书局出版。

　　《玉梨魂》民权出版社的初版本，封面由沈泊尘绘图，《真相画报社》制玻璃版，同益图书公司代印，画的是一位民国衣衫的少妇肖像。这一初版本流传绝稀，清华书局版以后就都是题字无图的封面了。当徐枕亚第二部小说《雪鸿泪史》出版时，《玉梨魂》印过一版赠品，随《雪鸿泪史》赠送，白色封面，这个版本流传稍多。

《双鬟记》枕霞阁初版本，大开

鸳蝴派的小说书有共同的特点：一般开本都大于三十二开，封面是月份牌式图画，内文加密圈，有多人作序题词，而内容则无不是催人泪下。其所办的杂志也同样以小说为主，间有诗词掌故。所谓的掌故者，即为聊斋故事。民国一般所谓旧人，为文谈诗论词、掌故怀旧、金石书法，其见识文章皆远高于此，以鸳蝴二字蔽之确乎是有些荒唐。

这本《双鬟记》，是民国五年（1916年）九月枕霞阁初版本，也是徐枕亚的小说，因为不大可能买到《玉梨魂》的初版，这本《双鬟记》就充为笔者敝帚自珍的珍本吧。

2018年11月22日修改

文言短篇集《续风尘奇侠传》

　　写书不再是名山事业而成为谋生糊口的手段，是从清末风气渐开以来才有的事。就如现在流行文学的潮流变换一样，清末的通俗小说，也是各领风骚若干时。这本《续风尘奇侠传》是武侠小说，这类小说曾在清末民初流行一时。究其内容和手法来说，大约还是保持古典的形式，没有什么新意。书是短篇文言小说集，共收六十五篇，其中不少名家的作品，如王韬、钱基博、胡朴安等。名家学者写短篇的武侠小说，在中国也是有传统的。这些小说一般归之笔记，收在作者不很看重的文集里。

　　探讨正统文人学者写传说中的武侠人物的兴趣，是一件有趣的事。有学者以为传统的文人和侠士有共同的来源，是古代的"士"。士在古时是文武兼修的，这从古时的学校所传授的课程"六艺"中就可以知道。六艺乃是礼乐射御书数，

《续风尘奇侠传》振民编辑社出版，具有民国前期武侠小说的典型装帧：大开本和海派封面画

其中的射御就是武艺。

士的阶层大概成于春秋末的孔子时代，此前虽然也有称士的，但都是指贵族，不包括平民。孔子的祖上是宋国的卿，同时也是军队的统帅；孔子的学生子路是勇士，而孔子本人也具勇力，可见古时的士并不只是舞文弄墨和赋诗作文的。后来的文士和侠士都是从中分化出来的，因为有这样的渊源，所以文人笔下的侠士或者寄托着他们的精神，不事王侯和独往独来也是心灵深处的梦想吧。

文言的武侠短篇，通常以一两件奇异的事来描写人物，手法简洁，人物具有传奇性质，颇堪回味。如书中《巨盗》一篇，叙当地以有力闻名的俞性捕头，为一位西来客商去盗窟中索回被劫黄金的故事。文中写其去讨金，见到坐在堂上的盗魁，原来是个瘦小男子，面有病容，盗魁也耳闻俞的名声，便还他劫走的黄金。但当二人欲出门时：

"举足出门，则一大铁椎自上飞下，有如泰山压顶。俞竭生平伎俩，除腰间双棍承之，颈赤足蹲，几为所压。片时许，椎自飞去。但闻堂上男子曰：'俞君亦大好力气，今可安然归矣。'俞竦息不敢出声，负金偕西客而回，自此不复以力夸于人矣。"

这本书的封面画颇为喜欢，是所谓海派画家所绘，取材于书中《金大姑遗事》。画中的女侠没有剑拔弩张的暴戾之相，仅示以衣袂微飘，很符合古人描写的既是侠又是隐士的意思。书出版于 1917 年，大开本，其中还插有一幅拳师霍元甲的照片。此书即名曰续编，自应还有正编，但是并没见过。

2018 年 11 月 26 日修改

最早印马克思像的《近世界六十名人》

　　世界社是清末时由几位后来的国民党要人（李石曾、张静江、吴稚晖）组织的，是个政治性社团，从事革命运动。光绪丁未秋季（1907年）出版一份刊物《世界》。

　　《世界》其实是份画报，在法国印刷，然后运回国内发行。它在中国期刊史上很著名，抛开内容就形式而论，当时国内出版的画报还都是石印手绘图的小本，而它是照相胶印的，开本是八开，印在道林纸上（"西市玉版笺"——《世界》广告语），现在看也是巨型画报。

　　《世界》由留学法国的姚蕙女士（仁和姚菊人女公子）编辑，分为五个栏目，即世界各殊之景物、世界真理之科学、世界最近之现象、世界纪念之历史、世界进化之略迹，以开通民智，放眼世界为旨归。这份刊物仅出两期，曾在报国寺一广东书贩处见到全份，老友还在犹豫买不买的时候，竟然被人偷走了。

1907 年世界社还印过一份增刊，取名《近世界六十名人》，也是八开胶印，在法国巴黎印成后运回国内发行。内容为六十位世界著名人物的肖像照及生平简介。据张静庐《中国近代出版史料二编》中说，其中的马克思像，是最早传入中国的一幅，比初版《共产党宣言》（1920 年）封面的还要早。

马克思理论和社会主义学说，在上世纪初是影响广泛的，为西方智识阶级所热情探讨的新理论，并不是只有共产党人才尊崇。在中国早期介绍马克思和社会主义的人也有很多，并不受党

《近世界六十名人》世界社原本。

马格斯（马克思）肖像。

派的羁绊，这份《近世界六十名人》就具备这一时期的史料价值。

这本画册有后来国内的翻印本，比原本略小，照片也稍有逊色。我所藏的是世界社的原版，但缺序言和目录页，六十位名人的照片则一幅不少，现罗列于下（人名依原译）：

贞德、裴根、叶斯壁、戴楷尔、克林威尔、牛端、孟德斯鸠、服尔德、樊克林、李鼐、卢骚、狄岱麓、斯密亚丹、康德、华盛顿、华特、鹿化西、边沁、劳百宿、高特、罗兰、萧尔孙、拿破仑、惠灵顿、瞿惠业、陆谟克、海哲尔、法雷台、威廉第一、孔德、毛奇、许峨、马志尼、穆勒约翰、皋利波的、格兰斯顿、林肯、达尔文、嘉富尔、裴乃德、巴古宁、毕斯麦、马格斯、斯宾塞、南沁甘、巴斯德、濮皋、赫胥黎、裴在辂、陶斯道、卢月、邵可侣、郝智尔、南逵、梅晓若、龙浦束、劳伯伦、柯伯坚、苏斐雅、居梅礼。

2018 年 11 月 22 日修改

《新青年》创刊号

民国初年的一天，亚东图书馆的创办人汪孟邹找到群益书社的陈氏兄弟，说有人欲办一杂志，绝能赚钱。这个承诺看上去虽有点渺茫，群益书社还是出资办了这份杂志。汪孟邹介绍的人就是陈独秀，所办的，即是近代史上最著名的《新青年》杂志。

《新青年》初创刊时，名为《青年杂志》，因为与当时基督教上海青年会出版的期刊《上海青年》名字近似，便于1916年9月的二卷一期，改名为《新青年》。杂志开始并不好销，每期只印一千册，还大半积压在库房里，直到1919年的五四时期，销数才骤增至一万六千册，这在当时已经是一个惊人的数字。

我所藏的珍贵的创刊号，是在中国书店的报刊门市部买到的。这家书店还在丰台的一个居民区里的时候，有次办旧

《青年杂志》1914年创刊号（初版）

书刊展销，我在昏暗的地下室，翻到一册残本《新青年》的创刊号，没有封面封底，正文也仅余前半。《新青年》畅销以后，读者返头抢购一空，书社便再版了包括创刊号在内的各期。初版创刊号内插二十二页广告，再版后就都删除了，这一残册就是再版本。

这册残本的背后没有写售价，还以为能浑水摸鱼来着，谁料那位精研多国语言的老店员翻了翻说："给一百五十块吧。"想起前两天没舍得买的乾隆板白纸的《宾退录》，也不过开价一百二十，便表示这是一册残本。彼人回说曰："就因为是残本，要不谁会卖这个价！"

后来书店迁至西单横二条，有一回又办展销，我这时已跟店里熟，提前一天去看，被我发现创刊号中又有一册《新青年》，这册是初版完本，广告齐全，书况也极佳，欣然色喜之下翻过来看背面，居然还是没有写售价。其他的创刊号则皆售每册一百，厚的一百五，单单是这一本，背面光光的没有朱批。见熟悉的经理过来，聊了几句以后，硬着头皮问道："怎么这本没有标价？给标个价吧。"经理不甚懂行，人很好，喜开令人瞠目之高价，但是这天他的兴致不错，没有收回再研究，沉吟片刻道："一百五十块吧。"我问为何同样的书，别的都只卖一百？他令人开心地说："那就一百二吧。"

展销结束后有一天，我再次去店里的时候，又看见了第三册，摆在玻璃柜子里，比我得的品相略差，但这回是明码标价五千元。

2006 年 6 月 30 日亚运村

2018 年 11 月 23 日修改

《西行漫记》初版精装本

斯诺所著的《红星照耀下的中国》1937 年 10 月由伦敦 Gollancz 公司印出第一版，一时风行西方世界成为畅销书，到 11 月已印行第五版。1938 年 1 月，此书的美国版由兰登书屋（Random House）在美国出版。

中文译本为避免当局注意起见，取了像古书一样的名字：《西行漫记》。这个中文本是据英国版的修订本译出，1938 年 3 月由复社印行此书的中文第一版。中文版亦有特别的版本价值：书中所插的四十九幅照片，多数是英美两版所不曾登载，乃是斯诺和海伦（美国记者，斯诺的妻子，笔名韦尔斯）重新挑选的，这些中共历史的珍贵照片就保存在这部书里。

《西行漫记》中文版的初版发行两千册，据亲手经营此书的胡愈之回忆，精装本五百册，平装本一千五百册，另外还印了道林纸特印本，为编号非卖品三十册。

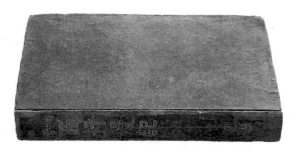

《西行漫记》精装初版本书影

我所藏的《西行漫记》为初版精装本，红胶布面装，十八开，五百三十六页，内文用上等报纸印，照片插页为铜版纸。《西行漫记》的初版平装本虽然也很少，但偶尔还能见到，书品都不佳，精装本则几乎没有。韦尔斯女士所著的《续西行漫记》，也有精平装两种版本，在市面上还有流通。往年曾随朋友一起拜访过老出版家范用先生，并参观他的藏书，在架上见到有精装原版的《西行漫记》和《续西行漫记》，但也都是再版本。

英文版《红星照耀下的中国》，则无论是伦敦的初版本，还是美国的兰登书屋版，都很容易买得到。

2018 年 11 月 14 日修改

《海上述林》纪念本

　　《海上述林》乃是鲁迅为纪念瞿秋白而亲自策划出版，可知他与瞿氏的关系很不寻常。此书分为上下两部，所收皆为译著。上部收文艺论文和评论，都是没发表过的；下部所收为诗歌和戏剧，是从他生前所出的文集中编辑而出。瞿秋白夫人杨之华曾有意见，她以为应该选创作而不是选译作。其实鲁迅是有他自己的想法的，他很重视译作，在他看来，外国文艺的译介对中国有很重要的意义，他甚至劝过林语堂放弃《论语》《人间世》这样的刊物，切实地翻译一些英美的名著，而他认为瞿秋白是当时中国最高明的俄语译者。

　　出版此书的系"诸夏怀霜社"，其实是鲁迅拟定而实际并不存在者，此书是由开明书店美成印刷所印刷，拿到日本装订的。重磅道林纸印，其中插图二十五页以铜版纸印。鲁迅对这书的字体和校对很不满意，粗略的就能看见，如法拉格的照片误题为"普列哈诺夫",普列哈诺夫的照片又误为"我们的路",而"我们的路"的插图又误题为"法拉格",此外还有许多误植。但就装帧而论,是民国出版物中十分豪华的一部书。

《海上述林》蓝绒布面纪念本,上下两册

《海上述林》的上部出版于1936年5月,下部出版于1936年10月。都是纪念本,共印五百部,其中麻布面皮脊,书顶刷金的一百部,蓝绒布面,书顶刷蓝的四百部。鲁迅自己更喜欢蓝绒布面的,在致沈雁冰的信里说:"皮脊太古典的一点,平装是天鹅绒面,殊漂亮也。"原来还计划出一种普及本,只印纪念本的上部,因为下部的版权属于原出版商,这个普及本是否出版不得而知。后来各种版本的《海上述林》都是私自翻印纪念本的上部,也应是并未经过授权。

据鲁迅书信,纪念本是朋友集资印的。除鲁迅外,其他人未考还有谁,但应有郑振铎先生,因在鲁迅的信中说:此书印成,三分之一归郑振铎,三分之二由内山书店代售,考虑到内山书店难以获利,最后建议给内山书店四分之三。

这部诸夏怀霜社版的《海上述林》，是一部名书，虽然其中的文章从来也不曾读过，但并不妨碍在有机会的情况下获得一部。因为上下部不是同时出版，收藏者多是只存上部，或是只存下部。我所藏的，也是延津剑合，从两个地方买到的。

　　　　　　　　　　　　　2018 年 11 月 11 日修订　清河

《圣母像前》的最早版本

　　某日游报国寺，有熟悉的书贩展示一册秘藏起来的书，那是一本《创造社丛书》版的《圣母像前》。这位书贩最近买入一批书，其中有若干好版本，这些书他都收在木柜子里，生人皆不得见，等到拿出来给看的时候，必跟随一个让人难受的价格。这本书的确很完美，面目如新，道林纸印，三十二开毛边本。给常光顾的熟人的价钱是八百块。

　　《创造社丛书》版的《圣母像前》，虽然版权页也写初版，但并不是此书的第一印本，第一印本是光华书局1926年出版。这个印本是十六横开的方形大本，毛边，重磅道林纸，用紫色绒线装订。此版本要比《创造社丛书》版本更难找。早先有海淀旧书店马某，与我颇熟识，有一回告诉我说手里有一本初版的《圣母像前》，准备推荐给某教授。我没见过这本书，但出价一百元请他留给我。一百元在当年买民国版书

《圣母像前》1926年光华书局初版

不算寒碜，何况连书也没看。我把钱立刻就付给他，过了一阵子，这本书终归我所有。

王独清的诗集，印得特别讲究，早已绝版。阿英《中国新文学大系·史料·索引》卷中，对其版本各有说明，笔者选择几种抄在这里：

《圣母像前》按：此为作者第一诗集，为旅居外国时所作。新诗集中，作者诗集于装帧上最为考究。（一九二六）

《死前》按：此为作者第二诗集，《创造社丛书》第十二
　　　　种。书前有倪贻德所作作者象，插图四幅亦
　　　　倪贻德作，小本，重磅毛道另印，装帧极考
　　　　究。现已绝版。（一九二七）
《威尼市》按：此诗集用绿色纸印，倪贻德插图，四十八开
　　　　小本，封面亦倪绘。（一九二七）

2006 年 5 月 15 日亚运村

2018 年 11 月 21 日修订

《草儿》及康洪章

康白情早年是新潮社成员，也是新文学的努力倡导者，后来游学美国，归国后在大学任教，就再不写新诗了。他早年的诗集《草儿》，是新诗探索时期的重要作品之一，也是那时新诗创作实绩的一个主要收获。

《草儿》于1922年3月由亚东图书馆出版，印一千册。阿英所编《中国新文学大系·史料·索引》卷，在《草儿》条后注曰："作者为新文学运动初期最主要之诗人，然此书出版之后，即少有所作。重版时，增入新作，新诗部分成草儿在前集。旧诗部分，即本书附录一，成河上集，仍归亚东发行。草儿本已绝版。"

1924年7月修正第三版，书名为《草儿在前集》，署名康洪章。删去诗十六首、俞平伯的序及附录一（原名味草蔗），增诗七首及三版修正序，增加的七首诗是旅美时写的。此外在书首增加作者蓄须照相一帧。

我收藏了《草儿》及《草儿在前集》，独缺收旧诗的《河上集》。1934年，康白情在上海晨报发表过旧诗数卷，未能成集。《草儿》是普通的平装本，但在友人家还见过一种初版本，外封四面折边，这种装帧在日本书较为常见。

《草儿》初版本

关于作者的名字，有人介绍说是本名白情，字洪章，也有反过来说的，还有说白情是笔名。然左舜生《近三十年见闻杂记》中曰：康曾加入少年中国学会，在美国时又发起建立"新中国党"，康白情实为其原名，去美国以后才改名康洪章，是以李鸿章自喻。康白情在五四时，是北大著名的五个学生领袖之一，热心政治，后因时运不济，蹉跎以殁。

2018年11月20日修改

早期诗集《落英》

　　《落英》是一本罕见的新诗集，出版的时间也较早，是1923年的11月，横四十八开本，由北大出版部印刷，为自费印。说它罕见是因为社科院的诗歌研究学者刘福春先生所送给我的、收录很全的《新诗记事》没有著录。

　　这本诗集由两人合著，署名虚白直由，分为上下两辑，上辑收朱虚白诗三十六首，下辑收吴直由诗十六首。书首有诗序，乃为吴直由写：

　　落英缤纷，铺满了自己的园地；
　　从绿水池畔，采几朵处女般的鲜花，
　　殷勤地　引伊和爱人见礼！

　　朱虚白是著名的报人和编辑，江苏宜兴人，北京大学政

《落英》诗集，1923年初版本。此本诗集未见于各书目

治系毕业，历任《益世报》《时事新报》总编辑，《贵州日报》《商报》《立报》总主笔。出版这本诗集时是二十三岁，还是在做北大学生的时期。

吴直由那时是南京东南大学的学生，以后如何，笔者疏于考证，有所不知。

在新诗的发轫时期，出版的诗集寥寥可数，阿英于1935年编的《中国新文学大系·史料·索引》著录，1928年前出版的新诗集，不过是八十一部。因而这部早期新诗集的发现，可以给新诗史的研究增加一份史料。

2018年11月21日修改

《翡冷翠的一夜》

比较新诗而言我觉得旧诗更有味，所以也只愿意读旧诗，虽然读的也不多。旧诗讲格律，尤其是近体，在我们今天看来能写就已经很不容易，更遑论写得好。王国维论诗以为非有意境不能算佳作，可能多说的是唐以前的诗。宋诗则有很大的变化，我见晚清民国以来人写的诗多是近宋的，可能更便于表达复杂的内心吧。此外还有诗话、本事一类的书，来谈背后的掌故，因而旧诗还有更多诗外的趣味。

新诗人中，有旧学修养的，写出来的诗往往意味深长，还保留旧诗的影子。时论自以为这并不好，是没有从旧诗的阴影中摆脱出来，所以以能跳出框外的诗为佳作。《新诗年选一九一九年》（1922 年亚东图书馆出版）收鲁迅（署名唐俟）的一首新诗《她》：

（一）

"知了"不要叫了，

他在房中睡着；

"知了"叫了，刻刻心头记着。

太阳去了，"知了"住了——还没有见他，

待打门叫他——绣铁链子系着。

（二）

秋风起了，

快吹开那家窗幕。

开了窗幕，会望见他的双靥。

窗幕开了，——一望全是粉墙，

白吹下许多枯叶。

（三）

大雪下了，扫出路寻他；

这路连到山上，山上都是松柏，

他是花一般，这里如何住得！

不如回去寻他，——啊！回来还是我家。

《翡冷翠的一夜》1932 年新月社第四版

有署名愚菴的，于诗后评论写道："唐俟的诗和周作人的一样深刻。这首诗更觉读之但觉其美，令人说不出味。"

新诗是从外国传入的口语化诗体，可能更适合表现现代的生活，而中国的旧体诗只能逝去也未可知。钱锺书先生在所著《谈艺录》中，并不认同诗随朝代而更替的观点，例如唐诗宋词元曲，后者并不能取代前者，唐诗至宋诗乃为一转折，宋诗亦不输于唐诗，所谓兴盛者，不过写的人多和有大师而已。我虽然不懂诗，也觉钱先生所说很有道理。

外国的诗也讲声韵格律，并不是随便写，故而有闻一多先生等致力研究新诗的格律。有一个有意思的现象是，许多新诗倡导者，晚年虽不改主张，但却都转而写旧诗了，可见旧诗自有存在的价值。

徐志摩是很有影响的浪漫主义新诗人，不仅是诗写得好，其个人的性格行为也很有魅力。他的诗的成就，笔者不能置词，就不敢乱弹了。

　　《翡冷翠的一夜》是他的第二本诗集，这书的封面是江小鹣画的，笔者所藏是 1932 年第四版，初版封面画的是佛罗伦萨风景。

2018 年 11 月 21 日修改

《罪恶的黑手》的特别印本

《罪恶的黑手》是臧克家的诗集，最早收在生活书店的《创作文库》，为第十四种，1934年10月初版，三十六开本，有纸面平装和软精装两种装帧。

此书后来由星群出版公司出新版，为方形小本，出版于1947年6月，曹辛之装帧，印一千册，增加了名为"今之视昔"的跋一篇。

星群出版公司是由几位诗人、文学家、书籍装帧家所主持，故出版的文艺书，都很精致讲究，印量亦都在千册

《罪恶的黑手》星群出版公司初版本

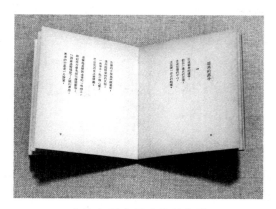

书的内页为厚道林纸印刷

左右，有些还有特印本。笔者老友国忠兄藏《山洪》软精装本和《北望园的春天》毛装本；另一老友为社科院的诗歌研究家，藏有精装本的《手掌集》，为曹辛之先生旧物，印量是五十册。

我收藏的这本《罪恶的黑手》，也是特别的印本。普通的这一版，正文用报纸印，为很薄的一册；而我所藏的这本，是用特厚的道林纸印的，约有普通版本的三倍厚，纸面光滑细致，象牙色，印多少册就不知道了。

2006 年 7 月 8 日　亚运村

《春水》的封面画

在我看来，20世纪二十年代早期的文学书，与三四十年代的，在装饰风格上有些不同。早期书的封面画，有的尚有传统的文人画的意味，可能那时对封面画的理解较为简单——只不过是画一幅画，作为书籍的点缀。后来才注重于装饰，以陶元庆、钱君陶为其代表，开创了以后的新局面。但也唯其如此，那一点"诗情画意"也就消失殆尽。

《春水》是早期新文学书中，封面画得很优美的之一，笔画寥寥，而意境高远，看了让人联想至《诗经》《古诗十九首》那样的意味。记得以前曾在某人的回忆文章中看到，《春水》的封面画是请陈师曾所绘，字是周作人题写。但时间既久，记忆往往靠不住，当时也未曾笔之于书，只能暂时存疑。

我的这册《春水》是1934年9月北新版，封面颜色是绿色，但拍成照片就变成蓝色。蓝色本的《春水》实际也有，觉得比之绿色要有所逊色。

《春水》的初版并不是北
新书局出的，而是新潮社，编
为《新潮社丛书》之一，于
1923 年出版。开本也与北新版
的三十二开不同，是四十八开
的小本；封面画是北新版的中
间那部分，没有四周的框，这
个初版本笔者仅在唐弢书目中
见过一帧书影。多年以前，曾

1934 年版的《春水》

见过某出版社按原样做的复刻本一匣，内还收有《繁星》等
早期版本，虽不能乱真，亦所差无几，现在这个复刻本也再
见不到了。

2018 年 11 月 20 日修改

罗黑芷的第一本书《牵牛花》

《醉里》和《春日》是新文学版本书爱好者所熟知的两本书，作者为罗黑芷。《醉里》是短篇小说集，1928年上海商务印书馆出版，《文学研究会丛书》之一；《春日》则是作者死后由生前好友编集的。但作者早年在长沙还出版过一本《牵牛花》，是他生前出版的唯一的书。以上三种就是这位英年早逝的作家的全部著作，此外一些没人肯替他收集的，就不免飘零于老旧的刊物之中了。

罗黑芷是曾参加过辛亥革命的战士，同盟会员，日本庆应大学毕业，光复后居长沙，生活困顿，只与一些热爱文学的青年相交往。1925年经友人介绍加入文学研究会，1927年在贫病和寂寞中去世。

《牵牛花》1926年6月由长沙北门书局出版，《零星社丛书》之一，署名晋思。这是一本诗和散文集，在书前有很短

的《著者自言》，可见他文字
的风格：

《牵牛花》1926年初版，为作者最罕见文集

　　夏日早起，立窗前盥漱，
徐徐视阶下竹枝上有叶蔓相
缠，槿花数朵正盛开，其色
明，其气清；晓日方出，雾露
未晞，而花萎矣。

　　封面绘的即是这槿花，绘
者署名"曼"，集中有"曼衍"写的一首题名《黄昏》的诗，
作为本书的序，或即是封面画的作者。此曼衍是谁已无可考。

　　全书计有二十一题，由诗与散文穿插编成，或是有作
者的意思在其中。取为书名的《牵牛花》一题，下又分十八
小节，每节有小标题，如："天真的光""睡醒的午后""枯
草""秋的味"等等，每题都是很短的抒情文字。这种样式，
好像在中国传统的文学中尚未见过。

　　这是一册弥漫着忧伤情调的集子，但也偶尔会露出一点
快乐的笑容。

　　　　　　　　　　　　　2018年11月23日修订

《家》的初版本

那些曾一纸风行拥有众多读者的名著的首版本，比之仅在知识阶层圈子里闻名遐迩的名著的首版本要稀少得多。例如英国作家刘易斯·卡罗尔的《阿丽丝漫游奇境记》，据美国图书学学者约翰·温特里奇所说，记录在案的存世第一版仅有六册，第二版的情况也好不到哪里，因为完全被孩子们撕破了："在书目上注明为'完美无缺本'的《阿丽丝》极少见；而对《阿丽丝》来说是完美无缺的，则对其他书来说就只能是勉强过得去了。"另一方面，如《尤利西斯》那样难读的书，并不可能在大众中流行，它的第一版虽然只印了五百册，但存世的数量却并不见得很少。

民国版的文学书也差不多是同样。如闻一多的《死水》，首版的厚道林纸本，我虽然只有一册再版本，但如果舍得花钱，买到书品好的初版本并不是很难。比《死水》更早的

《红烛》，称为是罕本，但我和老友胡贵林手里各有一册。去年网上还拍卖一本可称美品的，因为封面盖一枚图章，底价二千元却无人应价。徐志摩的书虽然价格昂贵，但并不能称为罕见，甚至只印一百册的线装《爱眉小札》，也在各种场合时有亮相。

鲁迅编他的第一部小说集《呐喊》的时候，初衷是印五百册，但孙伏园私下印了八百册，鲁迅知道后，认为恐怕卖不出去。然而这部最著名的短篇集成为畅销书，据鲁迅逝世百周年纪念时编集的《鲁迅著作版本丛谈》的统计，有版权的北新书局共印刷二十四版，而1949年以后的印刷版次还没有统计过。依我的经验，《呐喊》的民国北新版是容易买到的，但书品一般很糟糕，书品过得去的已十分难得。至于首版书，我只有过一次机会，是在潘家园旧书商们还拥有铁皮屋的年代，曾听一书商说他有《呐喊》的初版，并将以五百元出售。那时民国版书鲜有超过百元的，但这并不是我们没成交的原因，因为我是个唯美主义的买者，而这本初版的《呐喊》不是没裁边的那种。

巴金写的《家》畅销于20世纪三十年代，至1951年时，拥有版权的开明书店已印行三十二版，几十年来又不断翻印。人们会对那么久远的家族故事保持恒久的兴趣，在我看来是不可思议的事。我少年时因为它是禁书也曾私下里读过，觉得枯燥无味，勉强读完，如今已没什么印象了。林语堂先生说，读书如交友，也要讲究缘分，并不是每一本杰出的书，都适合每一个人读。有些书，必然是在有了一定阅历和经验以后，才能体会其中的意思。不过我至今没有重读巴金这本影响巨大的书，因为早已没有读小说的兴趣了。

《家》开明书店初版本，新文学旧版的稀有品种

《家》的首版在 1933 年 5 月由开明书店出版，封面由书籍装帧家莫志恒设计，但这个封面只使用在最初的几版上，后来的版本不知为什么都改成白纸印一个汉字的简陋设计，现在有这张最早封面的各版都难以见到。我很想买到一本初版初印和书品漂亮的《家》，但也只是怀着渺茫的希望想想而已。在现代文学馆《巴金文库目录》中，著录收藏最早的版本是 1933 年 11 月第二版；《唐弢书目》中著录最早的版本是第四版。即便真有一本如我想象的《家》出现，其售价为几何，也是一个想起来就打算退缩的问题。

两年前在琉璃厂旧书市，在花了不少冤枉钱买了一堆可有可无的旧期刊以后，看见一位熟悉的书商，随便地寒暄说："最近有什么好书么？"他回答说："没有。估计你也有，有一本《家》。"

"哪一版呢？"

"应该是初版，我查过《现代文学书目》，封面和那上面一样。"

"卖多少钱呢？"

"某某（我认识的书友）看过，给他是三千，你如要，给两千吧。香港的某某（名人），这两天也要来看呢。"

翌日我即刻出现在报国寺他卖书的铁皮屋内，他从箱子里拿出来的这本书让人怦然心动：书品很好的初版第一刷。恐怕夜长梦多，我消极地杀价，在如我所料的他的坚持声中携书而去，而且面有得色。

《家》是出单行本时改定的名字，1931年在上海《时报》开始连载时名曰《激流》。连载中途编辑换人，新来的编辑嫌书稿太长，欲腰斩，巴金于是写信给报馆，声明不取稿酬，全稿才得以刊载完毕。出单行本之前，巴金又于第三十五章增加了分家的几段，共写了三张稿纸。《家》的全部手稿都在时报馆丢失，唯有后来增补的三页（一说两页）保存下来了，现在收藏在北京国家图书馆。

　　《家》《春》《秋》三部曲都有不发售的特装本，收藏在现代文学馆巴金文库。《家》和《春》为三十二开织锦硬面，枫叶图案，两册皆为1938年1月修正版;《家与春》合订本，为绿色胶面精装，钱君陶设计，1938年5月装成，仅装五册;《秋》的特装本是1940年的初版本，亦为织锦硬面精装，内页辞书纸，印十五册。最惊讶的一件事，是所认识的一位书商在网上曾拍卖一册再版的《春》和一册初版的《秋》，都是蓝布面的精装本，从没想到这两本书的普通发行版本还有精装的，各书目皆无著录，两册书都在一千元左右成交，我看见时拍卖已经结束。《春》《秋》的初版和《家》一样，根本见不到，更别说是精装本了。

2018 年 11 月 13 日修改完

土纸《火》三部曲

　　二十世纪四十年代中日战争时期，因为纸张缺乏，后方普遍用来印书的是被称为"土纸"的一种纸，这种纸是以传统的手工造纸法制成的。本来盛世的时候，中国纸是很有名的，比如传说中的澄心堂纸，梅圣俞有诗咏之曰"滑如春冰密如茧，把玩惊喜心徘徊"，据说一枚能值百金。土纸是加工很恶劣的，可能算是中国纸中最拙劣的品种吧。

　　中国纸只好用来印中国的线装本书，而不宜于印洋装的硬本书，战时用土纸印成的书，大多软绵绵的不成样子。土纸薄而透，不利于双面印，因而大部分土纸书都字迹模糊。土纸书中以商务印书馆印得还比较好，纸厚，字也清楚，成本当然也高。凡事常有例外，笔者有土纸本印得很好的书，是汪铭竹的诗集《自画像》（1940 年 3 月初版本），所用的土纸厚而且硬挺，染成豆青色，印字清晰。我觉得这样印成的书，比战前用厚道林纸精印的书毫不逊色，甚至犹有过之，因为中国手工纸的寿命要长过机器纸。中国纸还有一个好处是宜于印版画，有些战时出的书籍的插图，因为没有条件制机器版，就直接以木版印刷，成为插图画家的版画原作。我有骆宾基的《姜步畏家史》，其中的三幅插图就是以木版印的。有这种插图的书，十分稀有和特别。

但大部分的土纸书，都是糟糕的印本，读者不愿意保藏，所以遭毁弃的必然多，那些土纸本的名著和杰作的初版，也就很难找到了。巴金的三部曲《火》的初版本，根据《民国时期总书目》的著录，分别出版于 1940 年 12 月、1941 年 1 月和 1945 年 7 月，三册应皆为三十六开土纸印本。三部曲中

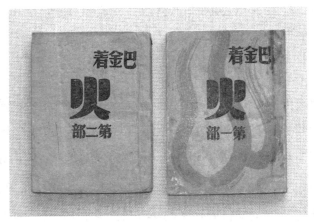

《火》第一部：上海开明初版本；第二部：成都开明初版本

我藏有第一部和第二部的初版，第三部则没有，不仅没有书，而且从来没见过。初版书是有封面画的，这个封面很难见到，后来的版本都改成只有一个单字了。不知为什么，巴金的书很多都统一设计，改为只有字的书面，而且这个设计格外难看。

《火》三部曲的初版本比较复杂，据著录每部各有开明书店（上海、重庆、桂林、成都）和重庆朋友书店的不同日期初版本，其中皆以上海开明书店的出版日期为最早。我藏的第一部是上海版（真正第一版）；第二部却是重庆版（1942年5月），比上海版要晚出一年零四个月。现代文学馆巴金捐赠的藏书中，也有一套三本的《火》，根据《巴金文库目录》著录三部皆为初版本。但实际是第一部为重庆版，第二部是桂林版，只有第三部是真正的第一版。可知要收齐这三部曲的真正第一版，是非常困难的工作。

巴金的小说不重视修饰，充斥着激情的叙述，他的主要作品都是写本人经历过的事情，《火》则略有不同，是写别人的生活。这部三部曲的主要人物冯文淑，原型是他当年的未婚妻萧珊。在《创作回忆录》中，巴金坦言这是一部失败之作："——失败的原因很多，其中之一是考虑得不深，只看到生活的表面，而且写我自己并不熟悉的生活，我动笔时就知道我的笔下不会生产出完美的艺术品。我想写的也只是打击敌人的东西，也只是向群众宣传的东西，换句话说，也就是为当时斗争服务的东西。"无论你怎样看这部书，巴金老人都是很坦白的。

2018 年 11 月 11 日修改　清河

《春天里的秋天》

    1932 年春，巴金去福建晋江，他原来认识当地一位吴姓华侨女子，此行虽未晤面，但在不久后却听朋友谈到她的故事：她爱上学校的英语教师，但是她的家人希望她能嫁给当地的一位士绅，也是学校的校董。而那位教师则被赶出校门，逃到鼓浪屿。在结婚前夕，吴小姐冒雨偷跑到鼓浪屿找他一起私奔，"纵然天涯海角也永不分离"，但他没有勇气接受这样的挑战。《春天里的秋天》就是根据这个故事写成的。故事中的教师，巴金也认识，笔名丽尼。巴金主编的《文学丛刊》收入他三本散文集：《黄昏之献》《鹰之歌》和《白夜》。

    巴金那年刚译完匈牙利作家尤利·巴基的小说《秋天里的春天》，所以写完这个新故事，他便给自己的新作取名为《春天里的秋天》。尤利·巴基的小说中还有一幅插图，画的是中学生雇吉普赛人在"小太阳姑娘"的帐篷外奏小夜曲。

巴金便请钱君陶也为它的新书画一幅插图，彩色水粉画"海上看星"，画面是一对恋人荡舟在海面，远方背景有灯塔和岛屿。这个灵感来自巴金本人，他当年住在鼓浪屿，常于星空下驶小划子来去厦门。这本书的封面画我挺喜欢，也是钱君陶画的，仿佛他在哪本书里说过，是以一位熟悉的女友为模特。用这种人物肖像画作封面，在钱先生的作品中可不多见。

2018 年 11 月 25 日修订

《蚀》

　　《蚀》是三部中篇《幻灭》《动摇》《追求》的合集。这三部中篇小说，使茅盾从文学批评家转身成为文学创作家，这也可能是他的作品中最为熠熠生辉的部分。哥伦比亚大学的中国学者夏志清教授在他的名著《中国现代小说史》中，对

左为初版本，右为第二版

这三部中篇很为推崇。

《幻灭》《动摇》《追求》原各有单行本，1928年顷，三书皆编入《文学研究会丛书》，由商务印书馆出版。这三册书是丛书中装帧最漂亮的，道林纸毛边，各有画得很好看的封面。《动摇》的封面由钱君陶设计，是新文学书封面画的经典作品。在1930年，此三书归开明书店，编入《文学周报社丛书》，以后所见的单色或红黄两色封面的，就都是开明版，装帧设计可说是等而下之。

《蚀》是开明出版的，商务没有这本书。我的藏本是1930年初版，也是由钱君陶装帧，为黄布面精装本，大三十二开道林纸印。作者的小序以线装书式栏格印。这书的第二版，改为黑布面黄道林纸。

开明的精装本文学书很有个性，我本人十分喜爱。茅盾的著作由开明印成精装本的，所见有《蚀》《虹》《子夜》三种。《子夜》为绿布面装，也有花布面的；《虹》是青灰布面装，封面图案与《蚀》相同。

2018年11月21日修改

初版《丰收》

　　鲁迅当年帮助三位文学青年编过《奴隶丛书》。《奴隶丛书》共三种:《丰收》(叶紫)、《八月的乡村》(萧军)、《生死场》(萧红)。这三本书都由容光书局出版,其实容光书局并不存在,因为没有出版公司肯冒险出版他们的作品,他们是自费出书,鲁迅也出钱资助,并为各书作序。三书出版后销路不错,皆连续再版过。

　　容光书局最先出版的是《丰收》。那时叶紫已为文坛所注意,在报纸编附刊,鲁迅因在附刊写杂文而与之相识。版画家黄新波为《丰收》画插图是受鲁迅委托,叶紫和黄新波互相并不熟。

　　黄新波为《丰收》画的插图,后来成为新文学书籍中最著名的插图之一,这组版画共计十二幅,印刷十分精致,可以说现在《丰收》的收藏价值,一半来自其中的插图,好像

《丰收》容光书局 1935 年初版本

《黄面志》有比亚兹莱的画一样。

三本书皆为左翼文学，是否曾被政府所查禁，笔者未能考查，虽然各发行过几版，但其原版书流传并不多。《丰收》和《八月的乡村》纸张印刷都良好；唯《生死场》以普通报纸印，所见书品都较为破烂，书品完整的几乎没有。《丰收》初版发行一千册，后印的版本插图都没初版印的好，有的还删去不少。

早先潘家园书贩享受有铁皮屋的待遇，有一间，经营者是寡言的父子俩，铺子里东西很杂，有日文和英文书，还有些"文革"小报和普通的资料，总之没什么好东西。俩人眼光皆差，父亲去地摊找东西的时候，儿子则坐在屋子里看摊，每次见他都好像正看着什么书，基本不招呼生意。本着不能过门而不入的精神，有时会进去象征性地望一下。我在这家铺子买到的唯一像样的书，就是这本初版的《丰收》，不只是书好，书品也特别好，初看到时还以为是影印本。那天我有事本不打算来，是头天晚上朋友打电话硬拉来的，当我把这意外的收获拿出来给他看时，他说："我没事把你给拉来干吗？这本书应该是我的吧？！"

2018 年 11 月 19 日修改

《生死场》

　　当萧红被骗到哈尔滨，因为无钱付房租而被困在旅馆里的时候，她所能做的，只是给她常读的《国际协报》写一封求救信。来看她的是萧军和另一位编辑，就在要走的那一刻，萧军在她枕边拿起一张纸，那上面是她写的一首短诗（后来印在他们的合集《跋涉》里作为题词）。这首诗使他立刻意识到，在这位神情憔悴、看上去毫无风采的普通姑娘身上，有着怎样的才华。

　　萧军和萧红是鲁迅家的常客。他们写的书，当时没有出版社肯出版，是鲁迅帮助他们，以并不存在的"容光书局"名义，自费出版了他们的著作，轰动一时的《生死场》就是这样产生的。这本书的出版，使萧红成为闻名遐迩的作家。

　　萧红为自己的处女长篇画了封面，她的设计是中间画一条斜线，把画面分为两部分，上半涂成黑色，下半保留原纸的红色。当她画完斜线，涂了一部分黑色时，埋头修改他的《八月的乡村》的萧军，建议不要全涂黑，就保留现在的样子，萧红则听从了他的劝告。这张《生死场》的封面画很有名，后来喜穿凿的批评家，说黑的部分是东三省的地图，斜线是利斧劈成，表示东北被日寇强占的意思。虽然想象力的丰富使人起敬，可惜离事实太过遥远。

《生死场》容光书局第四版

　　《生死场》1935年8月出版，初版的印数不详，从同一套丛书的《丰收》推及，可能也是一千册。笔者所藏是容光书局的第四版，毛边报纸本。书印得很讲究，排版疏朗，天头地脚宽阔，鲁迅序的签名印手迹，书后胡风的跋以另字印，处处流露用心设计的痕迹。《生死场》在抗战胜利以后，又由生活书店和哈尔滨鲁迅文化出版社各印新版。

　　　　　　　　　　　2018年11月21日修订

《牛天赐传》精装本

　　早年看我国香港藏书家黄俊东先生《书话集》，说他以为老舍的书，以人间书屋版的最漂亮，比如《老牛破车》，是以作者手稿印在封面上作图案，很是雅致，而开本也略大，其他的版本就差得远了。我观后羡慕不已，因为那时我连一本人间书屋出版的书都没有。后来买到一套三十年代散文杂志《宇宙风》，见第九期有广告一则：

　　老舍先生的最新长篇小说《牛天赐传》，发售精本预约。
　　布面烫金，道林纸精印，三百十面，每册七角。
　　免收寄费，挂号另加八分。精本只印五百，售完不再版。

　　由此知道人间书屋还出版过老舍著作印五百册的精装本。人间书屋是陶亢德办的出版社，陶氏也是三十年代畅销的《宇宙风》杂志的主持者。这个出版社主要编辑出版在《宇宙风》揭载的文学作品，它出版的精装本书，我后来见过的有两种:《牛天赐传》和《樱海集》。两册都是老舍的书。宇宙风社也出版过两册精装本书，为《北平一顾》和《瓜豆集》。《北平一顾》是多人合集，《瓜豆集》是

《牛天赐传》初版精装本，印五百册

周作人的文集，也都是我所喜欢的书，四册中以《瓜豆集》为最稀少。

我手里的这册《牛天赐传》，为麻布面软精装，书脊烫金，正文用厚道林纸印，看上去朴素文雅，是不是还应该有护封就难说了。

2006 年 7 月 17 日草于北京

2018 年 11 月 14 日修改

《城中》

叶圣陶是新文学早期的重要作家，曾发起组织文学研究会。他的早期作品是四部短篇集：《隔膜》《火灾》《线下》《城中》，描写的是城市知识分子及农村生活的场景。他提倡文章口语化，并自己贯彻了一生。

《城中》开明书店第二版，毛边

《隔膜》《火灾》和《线下》编入《文学研究会丛书》，由商务印书馆出版。因为商务比较老派，并不很重视出版文学书，尤其是新文学，所以这套丛书早期大多数是灰纸面铅字的平装书，除了个别的版本，谈不上有什么装帧设计。《城中》是由开明书店出版，开明以出版新文学书为主，因而比商务的印本要好得多。

　　我的这本《城中》是开明第二版，毛边装，封面不知是谁画的：昏暗的背景中是被风吹着的枝干和飞舞的枯叶。我喜欢它的风格。虽然是第二版，却是用极厚的道林纸印成。这本书的初版我也见过，是用普通道林纸印的。一般而言，民国书的初版要比后来的版本印得好。叶圣陶的长篇小说《倪焕之》也是由开明印，为三十二开精装本，我有此书的初版和再版。再版本居然也比初版更佳，不仅纸似乎更优质，开本也比初版大。

2018 年 11 月 20 日修改

《欧游杂记》

朱自清先生是著名的散文家。有论者以为，散文在新文学中与其他文学形式相比较，为成就最高，因散文在古典文学中有着悠久的传统，不必全部模仿西方之故。但也有不好的一面，是总难免有旧的东西掺在里面，不容易写出纯粹的现代散文来。而朱自清先生，被认为是新文学散文名家中，旧学的分子比较不明显的一位。

我少年时对于散文的观念，以为就是杨朔、魏巍那样的文章，直到后来才有机会读到周作人、俞平伯以及包括朱自清先生的民初学者作家的作品。我就是读到周氏的文章后，才把原先浮艳的观念抛弃了的。

朱自清先生早年亦是新文学的提倡者和实践者，写了很多美的诗和散文，有些成为经典的名篇，以后大概潜心向学，不大写那样的文章了。他的散文著作结成文集的有如下几种:《踪迹》《背影》《欧游杂记》《你我》《伦敦杂记》。有论者认为，朱先生文章的风格从早期的绚丽变化为后来的质朴，《欧游杂记》可视为期间的分界，但我以为可能是他后来已无意为文。

朱先生著作的旧版，我想得到的是《你我》。也没什么特别的，只是有次

《欧游杂记》开明书店再版本

看到有人送此旧本一册给另外的人，觉得这册小本很为精致而已。朱先生的《荷塘月色》似乎在中学的时候读过，但此类文章我更喜欢俞平伯写的《陶然亭的雪》的那种格调。《你我》是《文学研究会创作丛书》中的一种，绿布面精装小本，商务印书馆出版。我现在所有的是一册再版本，书品也只能说是马虎过得去。

原先琉璃厂遂雅斋从四川进过一批民国版书，多数都被虫蛀过。我那时每日下班后骑车去看书，风雨不辍，但总是失望的时候多。斋中的旧书皆散乱破敝，虫蛀发霉，其中买

到的书况最好的一册即是这本《欧游杂记》。这批书陆续卖了约两年之久，从中买到的寥寥无几：记得有西风社的《天才梦》，是初刊张爱玲获奖作的结集。还郭沫若的土纸初版本《青铜时代》和《十批判书》。还找到过一册苏雪林的《绿天》再版本，再版本把司徒乔的插图都删了，只留下叶灵凤的两幅。我有初版本，因而就放弃了再版本。线装书中检出的单册刻本有《簠斋传古别录》（光绪五年刊本），是陈介祺所著谈拓字的书；刘师培《左庵长律》（四川存古书房刻本），传本稀少，未知是否收入刘申叔遗书之中；《重游五斗山行纪》为黄云鹄（黄侃父）在四川为官时的作品（光绪十二年刊本）；《洪度集》为薛涛诗集（灵峰草堂刊本），此书有好几册，所刻尚称精雅，每册不过十元。

　　这本《欧游杂记》为开明书店再版本，道林纸印，为我的藏书中仅有的两册朱自清旧版著作之一。

2018 年 11 月 9 日修改于清河

《太阳照在桑干河上》的民国初版本

　　《太阳照在桑干河上》的第一版，是 1948 年 9 月由东北光华书局出版。但我曾看到一份材料说还有比这更早的版本，是八月出版的，印一千五百册，书名题为《桑干河上》。其根据是一本丁玲签赠沈钧儒的原本复印件，并说这一版主要用于当时领导存阅和文化文艺部门交换，公开出售的不多：这似乎是他的推论，因为并没有说明材料的来源。此外还说到后来在丁玲家又看到一册蓝布面精装本，为九月版的《太阳照在桑干河上》。

　　吴兴文兄曾送一册《秦贤次先生赠书特展展览目录》，其中正好有丁玲赠沈钧儒那本的原版，并附书名页照片。查著录的出版日期，确实是一九四八年八月，书名为《桑干河上》，但注明是精装本，并没写印数，所以究竟有没有一千五百册平装本为八月初版本，还不能确定，也许只是印

《太阳照在桑干河上》1948年9月光华书局初版本，封面漂亮，书品完美

了几册精装本呢。在现代文学馆丁玲文库的藏书中，没看见蓝布面精装本，但有另一种精装，是把平装本封面和书脊贴在书壳上的，也是九月版。

一本旧书可能有各种没见过的版本，并不是书目著录的那么简单。我拥有的是1948年9月版，版权页印哈尔滨印造，东北初版五千册。平装本，印书的用纸虽粗糙，也算是那时的好纸。这一版的封面由画家张仃所画，为黄绿两色，十分醒目。我很喜欢这张封面，虽然这本书出版于物资匮乏时期，但鲁迅说过，质朴和简陋的区别，是前者已竭尽全力，而后者是因陋就简也。我觉得这一版的《太阳照在桑干河上》是新文学版本书中设计美丽者之一。

我原先有的一本，是在琉璃厂书市买的，为人民大学图书馆剔除的书，书品很不好。后来在网上拍到一册，仅在书脊下边有一小块缺损，与人竞价至二千五百元获得，距离最早得到此书，已过去二十年了。五十年代人民文学出版社重印的初版本，平装印量很大，但精装本印量很小，只有三百册，为三十二开咖啡色布面。我原来也有一册，但因为搁的时间长忘了，糊里糊涂送给了别人。

2018 年 11 月 16 日重写

《少年维特之烦恼》叶灵凤装帧本

    郭沫若所译的这本《少年维特之烦恼》，曾经流行一时，印了好几个版本。叶灵凤在一篇文章里说，他正是读了郭氏的译本，才对歌德感兴趣，《浮士德》他只潦草地读过一遍，但他每隔几年都会重读《少年维特之烦恼》，并不感觉厌倦。

    歌德的书我只读过这一本。它没有什么惊心动魄的故事，叙事是不渲染和有节制的，只有好的作者才能以朴实的叙述给人以深刻的印象。

    郭译《少年维特之烦恼》的第一个版本，是 1921 年由泰东书局出版的。这个版本是小三十二开黄纸面，报纸印本，很薄的小册看上去实在是寒碜。后来创造社把书收回自己印，由叶灵凤设计重排，他花费不少时间和精力："封面的墨色特地选用青黄二色，并且画了一幅小小的饰画，象征维特的青衣黄裤。"最终印成有插图的漂亮版本。

第三个版本也是叶灵凤设计的，由现代书局出版。他有意设计成德国出版物的风格，封面用德国花体字，很有装饰性。

我所藏的即是第三版本，1932 年的现代书局版，三十二开毛边，因为是用佳纸印，差不多有泰东版的三本厚，扉页印歌德的照片一帧。

现代书局版《少年维特之烦恼》

叶灵凤在《霜红室随笔》中谈到他印的这两版书，认为最佳妙的还是创造社版，不仅青黄两色有寓意，而且还印入一张最有名的插图，就是维特第一次与绿蒂相见的插图。这一版的原书我至今还没见过。

2018 年 11 月 21 日修改完

《燕郊集》平装特印本

《良友文学丛书》对藏书者来说是一套很有意思的丛书，因它既有出版界的首创，也有不为人知的故事。

第一，是布面软精装外加彩色护封，在护封上印作者肖像或是以前所没有的。这些护封用当时的眼光看，不免有些雷同，但经过岁月的冲刷，每一种就都似乎有了迷人的特点。这三十六本书要想都收齐，并带有包封纸，至为不易，我知难而退，只想要其中的《苦竹杂记》和《记丁玲》。虽然这两本书笔者架上都有，但都是无封的。

第二，是首发一百本的签名本。丛书的每一种都发行一百本的作者签名本，而且有特别设计的签名页，并每一本都有编号。现在这些有签名的书，已成为收藏者抢夺的珍本。民国时还有一些出版社发行过个人签名本，大多以预约的方式，单本独行，影响就远没有《良友文学丛书》的签名本这样大了。我所知较罕闻的是敌伪时期知行出版社曾发行张资平长篇小说《新红"A"字》的签名纪念本一百册和杨桦散文集《浮浪绘》的预约签名本。这些书都已经很难看得到了。

第三，是精装特大本。将丛书中某位作家分部出版的著作，或分量足够大的著作，汇订在一起，称

《燕郊集》的平装特印本书影，版权页上写"特印平装本"，没有出版日期

为"良友文学丛书特大本"。丛书的特大本共有四种，分别是《爱情的三部曲》《从文小说习作选》《畸人集》和《苏联作家二十人集》。赵家璧先生回忆，当年他请求老舍把正在写作中的《四世同堂》交良友出版，并答应他分部出齐后印一版有插图的布面精装特大本。这本书还没来得及印，良友公司即解体了，真是令人扼腕的事。

第四，是没人提及的特印本，这不是丛书事先策划好，而是偶然发生的。特印本笔者所知仅《燕郊集》一种。

《燕郊集》是丛书的第二十八种，除了有丛书通常的印本

以外，还印行了"平装特印本"。特印本为大三十二开，白道林纸印，厚而重的一册，在我看来比通行本要好看。而丛书本的错字，也都得到了改正。以前中国的学者文人，在自己著作出版的时候，往往喜欢选佳纸精印一部分，作为赠送朋友之用。俞平伯先生可能是还保有这旧时文人传统趣味的一位吧。

　　附录：

　　最近发现丛书还有一种特殊印本，乃是周作人先生的《苦竹杂记》。印本为素白纸面平装，开本与丛书本相同，书名在左上角小字竖排，改为周先生手书，印书纸则是普通报纸。此书老友谢其章兄于网上拍得（三千五百元），未曾借观，故不知内容有无修改。

2018 年 11 月 19 日修改

《语堂文存》

　　林语堂在三十年代办了一份著名刊物《论语》，提倡幽默和小品文，继而又办了《人间世》和《宇宙风》。此二者为散文期刊，在其中撰文者大多是名家，不仅文章写得好，内容也很有价值，足以代表那个时代散文的成就。

　　因为林氏所提倡的这种趣味，离时代的潮流很有距离，因而被左翼阵营攻击为"闲适主义"。其中最受诟病的大概是周作人，但实在说起来周作人并不怎样闲适，真能写完全个人趣味文章的乃是始作俑者林语堂。林氏长居国外，深受西方文化侵染，遂有此种观念意识。比如在《秋天的况味》一文中，把秋天比作人生的中年，遗憾多数人不能领略此为人生最美好的时期：

　　"在人生上最享乐的就是这一类的事。比如酒以醇以老为佳，烟也有和烈之辩。雪茄之佳者，远胜香烟，因其气味较

《语堂文存》林氏出版社初版本，大开本，装帧优美

和，倘是烧的得法，慢慢的吸完一支，看那红光炙发，有无穷的意味。鸦片吾不知，然看见人在烟灯上烧，听那微微哔剥的声音，也觉得有一种诗意。大概凡是古老、纯熟、熏黄、熟练的事物，都使我得到同样的愉快。……或如一本用了二十年而尚未破烂的字典，或是一张用了半世的书桌，或如看见街上一块熏黑了老气横秋的招牌，或是看见书法大家苍劲雄深的笔迹，都令人有相同的快乐。"

文章写得有如西人的随笔，所谈论的也都是个人的感受，毫没有载道的意思在其中。

《语堂文存》出版于 1941 年 6 月，为有不为斋文集之第一册，似也没有再继续出下去。这本书由"林氏出版社"出版，文化生活出版社经售。这所谓的林氏出版社，笔者暂无暇去查史料，不知是不是林语堂自办的，版权页上载是设在上海赫德路赵家桥荣源里十三号。这部文集不仅文章选择精，装帧也很漂亮，是小十六开本，封面设计还很有他所办杂志的遗风，扉页书名以篆字写，十分古雅，这在二十世纪四十年代要算印得很好的书了。我也曾将此书展示于有同好的朋友，其中有爱不释手者。

2018 年 11 月 19 日修改

《周作人书信》

　　周氏兄弟都欣赏两晋间的人与文章，大概是受到章太炎的影响，因他们两位早年在日本有一段时期听太炎讲学。他们在日本印行的《域外小说集》据说就是以太炎推许的笔法所译，以至过于高蹈，只卖出去四十册。

　　周作人的书法，他自己说写得十分难看，说当年在北大文科教员中，恶札推刘申叔第一，自己的则是第二。他的字确实一般的观者也许不会喜欢，但实际上很有高远的意旨。其手札笔者昔日遇见过两通，可惜都未能买成。一通写在学生练习本的纸上，是给人文社的信；另一通则十分精美，书于大张有格的毛边纸，有五张之多，卖价为五千元。海王村的东廊，于翻修完工开张的那天，店家拿出一轴裱好的周作人手书的陶诗，约有八开纸大小，价位是一万二千元。笔者每次去书店都借机欣赏一番：黄褐色的纸，暗沉的旧墨，特别的书法，直到有一天它被人买走为止。

《周作人书信》青光书局初版本

周作人文章中，写关于书信尺牍的有好几篇。他说书信是写给第二个人看的，而日记只写给自己看，故而最能窥见人之性情。好的尺牍文首要是无虚饰语，再有识见则更佳妙，所以他很推举南北朝的颜之推。我承认我是不喜欢看书信和日记，除非是查资料才看，因此也领会不到其中的好处。看了知堂先生的文章后，也想找《颜氏家训》和《曾国藩家书》来读，但一时还没找到合适的版本。这本《周作人书信》是早年从《旧书信息交流报》的广告中看到有人出售，邮购得来的，期间卖家还特意打电话告之是"半成品书"。

《周作人书信》1935年由青光书局出版，周氏在序言中说，书信是应北新书局老板李小峰之请，自己所选定。又曰这本集子分为两部分：一、写时就预备给人看的，为书（二十一篇）；二、不拟发表的私书，为信（七十七通）。称前者是如韩愈的文章（周作人很讨厌韩愈，尤其反对文以载道之说），后者虽不见得比前者好，但至少老实些，这是他独特的看法。给废名的十七通和给后来被逐出门的沈启无的二十五通信，落款用了许多平常不用的笔名，如：尊、难明、案山、茶庵等，可见识他们之间的趣味。

我邮购得来的这册"半成品书"是青光书局初版本，大三十二开毛边，书品也特别不错，此书往后就再也不印毛边本了。知堂的散文集自《自己的园地》起，至1945年的《立春以前》，每一册装帧都很朴素，笔者觉得和内容十分配合，所以每一册都喜欢，希望能得到书品好的初版，这一册《周作人书信》正是理想中的之一。

2018 年 11 月 19 日修改

《风雨谈》

　　我读书见有前辈学者论文说文笔有别。文笔一词，文和笔不同，笔是指史笔，其旨在于言事，文则贵辞藻旖旎。故而学者的文章可以归入笔的一类，其失在于枯涩；文人的文章则相反，往往流于浮浅。

　　能写既有文学价值，又有思辨精神的文章的，近代以来，周作人是最好的之一。有不少人指摘周氏为"文抄公"，是说他中晚期的文章抄了太多的古书。但周氏的抄书自有其意思，

《风雨谈》北新书局的初版本

他不是抄袭别人的思想，而是借他人的语言说明自己的思想。这和朴学家考据文章的写法相类似，清以来学者的考据文章，很少直接辩论，好引证据说明自己的观点，而这证据其实多半也是引古书。考据类的文章，写得好的自有它特别的趣味，非普通人能领略，周作人年轻时曾跟太炎学习过，这样的文章对他也不无影响吧。周氏还跟他的学生讨论过文章的"涩味"，这个涩味很难解释清楚，可能抄古书也是涩味之一，此事难言，只能个人去领悟了。

抄书并不能成为批评的论据，古人也有喜欢抄书的，清初大学问家顾亭林在《抄书自序》中，自记少受祖父之教，谓著书不如抄书。他的《天下郡国利病书》及《肇域志》皆成于抄摘，《日知录》也大半由纂抄而成。所以那种以为抄书等于抄袭的意思，不过是小学生的见解而已。

《风雨谈》出版于1936年10月，是周氏中期的著作，也即是"文抄公"的时期。周作人中后期的原版著作中，《风雨谈》是发行得比较少的。这一册购于中国书店横二条报刊门市，其时有《良友文学丛书》单本和鲁迅的译著十余册，书品都很好，我只取了这一册。我很喜欢他这时期的书，开本不大，装帧也觉得恰巧是晦暗的色调。这书的初版本纸张有别，一种是道林纸本，一种是普通报纸本，但其实

如果不仔细看的话，根本分不清楚，因为所谓的道林纸本，
是那种"米色道林纸"也。

2018 年 11 月 15 日修改

《梅光迪文录》

胡适写那篇著名的《文学改良刍议》以前，就文学改良和白话代替文言的问题，在他留美的同学中间反复讨论过，梅光迪是反对他的观点的。

读以往的文学史，对白话文及文学革命的反对者，只给我留下模糊的概念，如林琴南先生写过影射性的小说《荆生》和《妖梦》，梅光迪、吴宓先生办过不载白话的《学衡》等。至于他们所持的观点，所据的理由，则多付阙如。文学革命已过去近百年了，其中的是非得失，应该有从学术的角度进行客观分析的必要。

《梅光迪文录》，民国三十七年（1948 年）由浙江大学出版，是作者逝世后编集纪念他的。其中收录了当年有关文学革命的论战文章："评提倡新文化者"。重读这种理性的文字很有意义，可以得知反对者所据的理由，并不以为只有林琴南先生那样的骂声。

1919年3月，林琴南给当时的北大校长蔡元培写了一封公开信，以"覆孔孟，悖伦常""尽废古书，行用土语"的罪名，要求他制止新思潮和白话文学。蔡元培则在回信中论述了他著名的"兼容并包"观点："对于学说，仿世界各大学通例，循思想自由原则，取兼容并包

《梅光迪文录》1948年浙江大学编，是作者文章的唯一结集

主义……无论为何种学派，苟其言之成理，持之有故，尚不达自然淘汰之运命者，虽彼此相反，而悉听其自由发展。"遵蔡先生所说，故于当年新文化反对者的理论，我们也应采取相同的态度。

此篇文章以外，《文录》还收有学术讨论、回忆录、寿序、日记等。梅先生不轻易作文，留下来的文字甚少，这一本薄书已经包含了大部分，实堪纪念。

2018年11月22日修订

冯友兰《中国哲学史》第一版

　　中国的史书历来是说凡盛世的时候，文化学术也会兴盛——比如唐诗，分为初中晚三期，当晚唐衰微，诗也就没落了；再如明永乐时，国力强盛，故而有《永乐大典》纂出来；乾隆时候又有《四库全书》。然而我偶读沈启无所编《中国文学史》，其意见却很有不同。他以为乱世的时候才是文化学术的黄金时期，因为当权者在忙别的事，一时顾不上查考文字也。

　　冯友兰的《中国哲学史》作于民国十八年（1929年）。当年清华出学术著作，需要由教授审定。对于此书，陈寅恪和金岳霖两位先生各写过一篇"审查报告"。陈先生说此书的主要优点是能对古代学人的观点给以正确的理解，并抱同情的态度，同时又并不走向反面而犯穿凿的错误。他的审查结论是："窃查此书，取材谨严，持论精确，允宜列入《清华丛

冯友兰著《中国哲学史》，神州国光社的初版本，
为此书的最早印本

书》，以贡献于学界。"金先生的报告太过逻辑化，读之如读
天书。

六十年代，冯友兰写了两册本的《中国哲学史新编》，在
《自序》中说："这部书虽然是个人专著，但也是集体帮助的结
果。"七十年代初，又以"评法批儒"的观点，对此两册书给
以修改。

1980 年以后他决定重写《新编》，"只写我自己对于中国
哲学和文化的理解和体会，不依傍别人。"到 1990 年，写完
了七册本的这部巨著。然而这书的《自序》中说："我所希望
的，就是用马克思主义的立场、观点和方法重写一部《中国
哲学史》。"以冯友兰先生深厚的学养，这部七册的大书应自
有它的价值。

1984 年 12 月，北京大学编辑出版《冯友兰先生学术文

集》，收录写于 1921—1949 年的学术论文，我读了以后获益良多，始知当年陈寅恪先生的审查报告并非虚语。

我的藏书中有这部著作的初版本，是由神州国光社于 1931 年 2 月出版，为十八开精装。这也是我很喜爱的一本书。冯先生在《三松堂学术文集》的自序中说："我在这六十多年中，有的时候独创己见，有的时候随波逐流。独创己见则有得有失，随波逐流则忽左忽右。"我相信这一册哲学史才是他真正"不依傍别人"的著作，该比那七大本有趣味得多。

2018 年 11 月 22 日修订

《明清蟫林辑传》

　　有一天我从三联书店出来，想去隆福寺街的中国书店，这只是多年养成的习惯，不去总会有点别扭。在以前的旧书店，我或许还能买到书，现在则可买的很少，每次进去多半都是空手而归。孙殿起《琉璃厂书肆三记》中曰："隆福寺在民国时尚有旧书铺三十九家，最早的三槐堂开设于道光十年以前，经营五十余年歇业，易为三友堂；修绠堂开设于民国六年，老板冀县人，名孙锡龄，曾刊印刘师培《左盦集》八卷。"

　　现在在隆福寺街里面，只有一家中国书店，即在修绠堂的故址。原先这间店是砖木的老房子，朱红小门，进门为一大间，里面还有一间，墙上糊墙纸，里间四壁则多是旧书。后面还有一间，据闻里面是书库，我却始终没有机会进去瞧过。

《明清蟬林辑传》图书馆学季刊抽印本（民国版）

前两年书店翻修，这仅有的遗迹也已面目全非。我与海淀旧书店的徐元勋老师傅相识，他家就在老修绠堂边上的一条胡同里。若他健在，看见这老隆福寺旧书店的唯一遗存，怕是有时会有无限的感慨吧。

这本《明清蟬林辑传》就是那次在隆福寺买到的，中华图书馆协会出版，汪闿编著。前有作者的序：

　　鞠裳先生撰藏书纪事诗七卷，罔罗前闻，掊摭逸事，搜扬潜德阐章之功，诚不朽矣。然犹有生不越窒巷，名不维通人，独藏书事迹，或仅见于邑志，散入史乘，又岂少哉？窃不揣简陋，总辑明清两代共得七百余人，汇著是编，非敢补叶氏之不足，聊以见盛衰之概，古籍存亡，有足征矣。

　　民国二十一年双十节汪闿自题。

盖是书自史乘、方志、文集、书目中搜得明清两代藏书家七百余人，有《藏书纪事诗》所不收者。

　　这是一本有资料癖的人看见就会喜欢的书，有着我喜欢的样式：十八开本一厚册。正文四号字印，字大行疏，十分清朗。花不多的钱，获得一本意想不到的书，模样又很合心意，这是买旧书的人最愉快的一刻吧。

　　走出那既新又旧的书店时，已是琼英乱飞。

2006 年 7 月 8 日　亚运村

2018 年 11 月 23 日修改

《续纸鱼繁昌记》

斋藤昌三是二十世纪日本出版家和书票收藏家，叶灵凤与他有过交往。在"忘忧草"一文中叶灵凤写道："1933年前后，我因为搜集藏书票和有关的文献，与日本许多的藏书票收集者开始了通信和交换。大约因为内田鲁庵的这部《纸鱼繁昌记》有不少藏书票的插图和有关的文字吧，斋藤昌三氏便将这本书和他自己著的《藏书票的话》各寄赠了一本给我。为了这事，我买了吾家叶德辉的《书林清话》和《书林余话》回赠他。"

斋藤昌三赠叶灵凤的《藏书票的话》，据说后来归于出版家范用先生，不知书上贴没贴叶氏那张著名的"灵凤藏书"书票——这张书票他用来贴在书上的只有很少的几册。《藏书票的话》昭和四年（1929年）由文艺市场社出版，有两种版本：一种是绿皮革面装，限定四百八十八部；另一种为超特制本，白色皮革面装，印十二部。叶先生的那一本是绿面的。两种在现在的日本藏书界都已算是珍本。

《纸鱼繁昌记》是日本老一辈作家内田鲁庵的随笔集，由斋藤昌三的书物展望社出版。叶灵凤在另一篇文章中谈到这本书时说，在当年广州战事时，他只身去香

书物展望社版《续纸鱼繁昌记》，斋藤昌三所印制的"谈书的书"

港，却将几册随身携带的谈书的书弄丢了，这些书他十分喜爱，是常用来在工作之余阅读的案头书，其中就包括《纸鱼繁昌记》。后来斋藤昌三又寄给他一册新版的，但据他说远不如旧版的蠹鱼蚀纸装的好，而且插图也都撤除了。

我手里的这本《续纸鱼繁昌记》也还是内田鲁庵所著，是在隆福寺书店买到的，为厚麻布面装，书顶刷蓝，扉页印得极为讲究，初版限定本一千册。这本续集并没有关于藏书票的内容，如"典籍的废墟""书斋的生活""读书日札""藏书的趣味"这样的栏目，主要是谈书籍的毁灭、读书藏书，及旧书的书目，等等。

斋藤昌三办的书物展望社，出版的与藏书有关的书，印量都很小，装帧印刷十分讲究，每本都让人爱不释手。我个人收藏的书物展望社的书，《续纸鱼繁昌记》之外，还有两种：其一为《典籍散语》，新村出著，细布有图案的书面，书顶刷金，铜版纸印插图，限定一千册；其二名《书斋的主人》，小岛乌水著，以树皮制封面，铜版纸插图，也是限定本，印八百九十册。中国的藏书界却从未见过有人试图印这样的书。

　　这本《续纸鱼繁昌记》，卖的时候标价仅四元，可能店里认为是一本谈鱼的书吧。

2006 年 7 月 22 日夜　清河

2018 年 11 月 18 日修改

《海藏先生书法抉微》

　　《海藏先生书法抉微》是一本谈郑孝胥书法的书。作者名张谦（国威），法学士，天津本地律师，也会书法。他好郑孝胥书，搜集其书法作品五百余件，并把郑氏发表在报刊上的论书法的只言片语都收集起来。这本书就是在此基础上编成的。

　　郑孝胥是书法大家，自成一派；他的诗也卓然成家。郑氏的书法，据金梁说："海藏作书，实得隶笔，又从鹤铭来。"认为他的隶书最好。郑氏论书法有很多独到的地方，他以为："古之作书，由篆而隶而草而楷。果能篆籀，得其笔势，其余可不学而成。后之学书者，大抵由楷而草而隶而篆，逆行而上，故不易成。"我年少时在学校有大字课，描红临摹写的就是楷书。老师说楷书写好了自然能写连笔字（草书）。至何为隶，何为篆，我则懵然无所闻。

《海藏先生书法抉微》
1942 年初版本

书分为三编：第一编根据海藏诗集、碑帖、题跋中有关书法论旨编辑而成；第二编据海藏在"有恒心字社"的授课评语而编成；第三编是作者的研究心得。书中插有很多作者藏品的照片，书前有众名士写的序。此书印制也十分讲究：陈曾寿题签，狭长开本如书帖然；仿古书红栏格，铅字印。纸张是上好的毛道林纸，在战时困难时期的 1942 年，能印如此讲究的书，亦甚为少见。

我于书法完全是外行，但也有几册如包世臣《艺舟双楫》之类的旧版书，有时抱着"习其学不习其艺"的想法胡乱翻翻，至于能习到什么自然是不可问。这本笔者未见过的《海藏先生书法抉微》，是友人于春节书市获得，转让给我的，喜其装帧古雅，内容好玩，而大乐持回家去。

2018 年 11 月 21 日修改

留在自己书上的手迹

这部《殷周青铜器铭文研究》是我于二十世纪九十年代在海王村东廊花了不少钱买到的，前人说好书得善价，诚不欺我。书印得很讲究，方形大开，日本美浓纸，题签为郭氏手书金文，线装二册，原函套。长方虎皮签贴在书衣正中，这点和中国古书不一样。

《殷周青铜器铭文研究》原函初版本书影

护叶上的郭沫若题词手迹

郭沫若于北伐以后，流亡日本十年，在这期间潜心钻研甲骨文和金文，这部书是他这方面研究的首部著作。民国二十年（1931）六月由大东书局出版，文字为手迹影印，拓片以锌版印，古器物图片为珂罗版印。

我买的这部是文怀沙的旧藏，在头本的护叶上，有郭氏亲笔题词：

此余治金文之第一种著述，其中未成熟之处甚多，然见解新锐亦自有可取者存焉。怀沙兄得此于沪上旧书肆，甚为惬意，嘱为此题记如此。

一九四七年一月三十日　郭沫若。

文怀沙研究楚辞，私淑郭沫若。

近年来名人墨迹在拍场上一路走红，我虽力不能胜，亦不免见猎心喜。郭沫若的手札条幅，见于拍场上的，多数是五六十年代以后所制，早期的甚罕见。这篇写于 1947 年，留在他自己著作上的手迹，敝帚自珍的我，总觉得比普通的信札更有趣味，也是我最喜爱的"古董"之一。

2006 年 11 月 14 日　亚运村

晚清女诗人的诗集

况周颐《兰云菱梦楼笔记》有一则云：

太清春《天游阁诗》写本，岁巳丑余得于厂肆地摊。词名《东海渔歌》求之十年不可得，仅从沈善宝《闺秀词话》中得见五阕。忆与半唐同官京师时，以不得渔樵二歌为恨，是朱希真《樵歌》及《东海渔歌》也。余出都后半唐竟得《樵歌》付梓，而《渔歌》至今杳然。

风雨楼版《天游阁集》封面

我见过《樵歌》民国时章衣萍标点本，有线装平装两种，均为铅排，由胡适题签，所谓半唐所印者并未见过也。《东海渔歌》后来有西泠印社木活字刻本，抚印清雅，还有用螺纹纸所印的。先是宣统时，陈士可从地摊获得《东海渔歌》抄本，四卷缺第二卷，冒广生据以抄录一本，后来况周颐就用冒抄本为底本，交西泠印社刊行出版。1941年王寿森又得朱彊村抄本一卷，恰好是西泠本所阙的第二卷，然后四卷全本由竹西馆刊行。此版本甚难见，我曾于冷滩猎获一部，乃是线装铅排本。

《东海渔歌》的作者顾太清是有清一代著名的女诗人。启功在《顾太清集序》称："清代填词大家应首推纳兰容若，稍降则推太清夫人，夫人所作足以追配李易安而无忝。"这是很高的评价了。

林公铎先生题赠墨迹

太清讳春，姓西林觉罗氏，是清初大学士文端公鄂尔泰的曾侄孙女，后称姓顾，启功先生说是因其夫家谱录《兴源集庆》在奕绘名下注："侧室顾氏，顾某之女"讹传所致。原来太清祖上曾获罪，为避罪人后裔，冒称是顾某之女，此顾某实是奕绘家的一个庄头。关于夫人的名字，启功说："近世人于夫人名字，或曰顾太清，或曰太清春，皆非其实。称西林春，亦似是而非。然失人自署本名，迄朱一见。"启功称她为西林觉罗太清夫人。太清的丈夫奕绘是荣醇亲王永琪之孙，道号太素，也能诗词。

太清的作品除《东海渔歌》（词集）外，流传于世还有诗集五卷，名《天游阁集》。太清诗最早有徐乃昌刊行的两卷本，五卷本则皆为抄本，没有刊本。宣统更戌（1910年），冒广生以陈士可藏抄本为底本（五卷缺第四卷），拆第五卷为两卷，补足五卷之数，并加考证语，由风雨楼刊行，共收诗五百二十七首。据说日人内藤炳卿也藏一抄本，为七卷，收诗七百六十八首。

《天游阁集》风雨楼刊本为线装铅排，印数有限，现在已极不易得。笔者的藏本是从中国书店老人徐元勋手里买到的，其人那时已退休，在后海荷花市场开一小店，名曰五柳居。此一册为林公铎（损）题赠杨树达之物，书面有林公铎先生手迹和名印。此书徐师傅售五十元，既知持赠者和所受者为何许人，亦未曾重其价。

五柳居袭前代书肆名，乃是乾隆时著名书肆，掌柜名陶正祥。李文藻《琉璃厂书肆记》曰："西为五柳居陶氏，在路北，近来始开，而旧书甚多，与文粹堂皆每年购书自苏州，载船而来。五柳多璜川吴氏藏书，嘉定钱先生云：即吴企晋舍人家物也，其诸弟析产，所得书遂不能守。"又曰："书肆中之晓事者，唯五柳之陶、文粹之谢及韦也"。这是乾隆乙丑年（1745 年）的事。五柳居主过世后，学者孙星衍亲为其撰写墓志云："与人贸易书，不沾沾记利。所得书若值百金者，自以十金得之，止售十余金。自得之若干金者，售亦取余。其存之久者，则多取余。曰吾求赢余以糊口耳。"我所认识的老一辈售书人中，唯徐师傅尚有此追慕古人的雅意。

2018 年 11 月 12 日修改

胡适自用书

　　关于留有名人手迹或有名人签署的书，我的藏书的友人间，有不大措意的，持得故可喜，失亦欣然之闲适态度。我很高兴当碰到一本久欲染指的书时，而其中还有意想不到的签名，旁边正站着这样的朋友。记得曾读过一位美国女藏书家写的书，她的观点是：唯有有作者签署的书，才是真正的珍本；理由是即使是同一作者签署，也不会有完全一样的两本。但有我国台湾爱书家说得更好：有签名的书仿佛有作者的灵魂。我的确热衷收藏留有作者手迹的书。不过仅喜欢那些老版本，

《资治通鉴》1935 年世界书局
影印本

书名页上的胡适手迹

和上面墨色陈旧的，代表过去辉煌的遗迹。

我所藏的一册《资治通鉴》，原是胡适的书。在书名页有两个人的笔迹，左上写的是："用这本旧书权当临别的纪念吧，如桐兄。书田弟二、二十六。"左下是胡适的字："李如桐君留给我用的。胡适卅三年。"故而这书是别人送给李如桐，李如桐又送给胡适之的。"书田弟"是不是李书田（康奈尔大学博士，北洋大学工学院院长的鼎鼎大名人物），我尚无暇考查。

在书的序言部分，胡适做了点断，并在书眉有几处批注，如在"丙子浙东始骚"句上注："1726 宋亡。"在"汔乙酉冬，乃克彻编"上注"1285（至元22）。"都是胡适的手迹。书中还夹着六张笺条，是当年阅读时夹进去的，因有些笺条是从手稿上剪下，上面还有写在绿格稿纸上的胡适的字。这本处处留下主人痕迹的书，我觉得要比他的一般签名本珍贵得多。

此册《资治通鉴》是世界书局于民国时出版，黑胶布书面，原书上下两巨册。我收藏旧书有不少毛病，喜欢精装本和厚书就是毛病之一。这本胡适的书不只是有珍贵手迹在内，同时也满足了我好几样癖好。

2018 年 11 月 21 日修订

《北游及其他》

　　《北游及其他》是冯至的诗集，收入《沉钟丛刊》中。《沉钟丛刊》计划共出九种：《炉边》（陈炜谟著）、《昨日之歌》（冯志著）、《悲多汶传》（杨晦著）、《不安定的灵魂》（陈翔鹤著）、《除夕及其他》（杨晦著）、《北游及其他》（冯至著）、《英吉利散文选集》（陈炜谟著）、《秋虫》（陈翔鹤著）、《逸如》（郝荫潭女士著）。

　　前四种系由北新书局印行，以后的由沉钟社出版。这套《沉钟丛刊》我有两种，《北游及其他》以外尚有郝荫潭女士的小说集《逸如》。前

《北游及其他》沉钟社初版本

冯至的签名

年于琉璃厂西古籍书店办的书市上，我又得到一册《不安定的灵魂》，封面为伦勃朗风格的素描，毛边道林纸本。因嫌价钱贵，就让给了一位认识的书商。《沉钟丛刊》的书印制讲究，每种印数少，收集不易，《秋虫》和《英吉利散文选集》可能并没出版。

冯至早年留学德国，先后就读于柏林大学和海德堡大学，获海德堡大学博士学位。他年轻时是个有个性的诗人，这本《北游及其他》在新诗史上是有代表性的著作。全书分三辑：曰"无花果"，曰"北游"，曰"暮春的花园"。共收诗四十五首，其中五首为译诗。

1925 年冯至和杨晦、陈翔鹤、陈炜谟成立沉钟社，这时期他和杨晦是好友。这本诗集正文前印有献言：呈给慧修，慧修是杨晦的字。笔者所藏的这册《北游及其他》，是冯至给杨晦的赠送本，在书前第二空白页的右上，有钢笔书写的整洁的小字："慧修存。至。1929、8、26。"此页的背后有编号位，以红水笔写001，这是冯至赠出的第一本，亦为有关沉钟社十分有历史价值的一本书。此书当年冯至还曾赠鲁迅一册，现在收藏在鲁迅博物馆，鲁博编《鲁迅藏书签名本》中有这一张的照片，是送出的第七册。其他见到的本册编号位就都是空白了，所以只有赠送本才编号。

　　《北游及其他》1929年8月20日由沉钟社初版，毛边本，印一千册。封面为日本人永濑义郎的版画《沉钟》，与杨晦的《除夕及其他》同一封面。根据陈翔鹤的回忆，丛刊中这两本和郝荫潭的《逸如》都是自费出版的。

2018年11月15日修改

艾略特的演讲集

这是一册艾略特的演讲集，书名《拜异教的神》（*After Strange Gods*）。艾略特是英国现代诗人。他的名作《荒原》，被誉为西方现代派诗歌的里程碑。那时在中国研究介绍艾略特的有位年轻文学家赵萝蕤，她因为翻译了《荒原》而引人瞩目，二十世纪四十年代时她和丈夫陈梦家在美国游学，在哈佛会见了艾略特。据她的友人回忆：他们伉俪受邀在哈佛俱乐部晚餐。席间艾略特朗诵了《四个四重奏》的片段，并在她带去的两册书《1909—1925 年诗歌集》和《四个四重

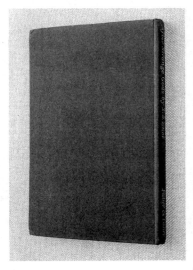

艾略特《拜异教的神》，1933 年伦敦费伯公司初版本

奏》上签名留念，在《1909—1925 年诗歌集》的扉页所写的题词是："为赵萝蕤签署，感谢她翻译了《荒原》"。

赵萝蕤是著名宗教学家赵紫宸的女儿，二十世纪四十年代留学美国哥伦比亚大学获博士学位，之后在大学教授英美文学。她的丈夫陈梦家早年是新月社诗人，出版有诗集《梦家诗集》和《铁马集》，后来研究古文字学，成为有成就的古文字学家。《荒原》是 1937 年翻译出版的，这本书只印行三百册，所以见过的人不多。笔者老友国忠兄有一册，为陈梦家的书，其中有他的签名，是他们家里所散出来的。

前扉页赵萝蕤签署手迹　　　　　　最后空白页陈梦家手迹

赵萝蕤先生辞世后，某年听说他们在美术馆附近的家搬迁，藏书就流散出来了，我也买到两册：一册为吉卜林 *Mine Own People*，扉页有赵萝蕤签名，时间是 1947 年芝加哥，里封贴一张她的个人专有藏书票，为肯特的作品。另一册就是这本艾略特的文集，为 1933 年伦敦的费伯公司初版本，扉页有钢笔题字（英文）"赵萝蕤　1937 年 5 月 2 日"，书末空白页毛笔题字"十月二十二日读毕　清华园。"看字体应是陈梦家的手迹，所以这是他们夫妇二人共同读过的书。

这本书只有六十八页，为十八开本黑色布面精装，印书用的纸非常厚，装帧质朴典雅，是我最喜欢的藏书中的一册。凡中国人印这种页数少的书，大多因陋就简，印成一小薄册，从没见过认真装帧的，名家的著作也不例外。知堂先生有一本书名为《日本之再认识》，1941 年出版，只收一篇文章，也印成纸面精装本，但这书是日本替他出版的。印书虽是小事，总觉得重视与否的态度，也能略约映出一个民族对待文化的态度。

2018 年 11 月 14 日修改

书市的签赠本

海淀旧书店是我常去的地方，早先的许多书都是在那买的。那时有好几间店面，最北的一间卖线装书，当年窗明几净，靠西的窗户下有一排玻璃柜，摆在里面的都是善本。所忆有殿板套红的《御选唐诗》二函、皮纸原本胡刻《文选》、极为初印精美的《渔洋先生感旧集》等，其他的佳本，我那时眼拙，自然认不出来。东墙无窗，是一直顶到天花板的书架，上置皆是通行的本子，南北两面也都是书。角落里搁着一张旧书桌，乃是店员办公的地方，在那桌子里或者藏着不露面的东西。我因为是常客，可以不客气地爬到梯子上，去翻那些落满尘埃的典籍。有一次我在很高的地方翻到一部木版旧刻的诗集，一函四册，打开来看时，系梁启超女公子过录其父的批校本，价签还是老的。正好售书的徐元勋老师傅进来，便将书递给他看。他看后一语未发，又把书还给我，

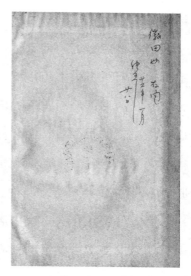

《圣安东的诱惑》初版书面　　　　　李健吾的签赠手迹

过后我再次去找时已是渺无踪迹了。

　　1999年春海淀办书市，见架上有两种"世界文库"单行本，一本为郭沫若译《华伦斯泰》，另一本为李健吾译《圣安东的诱惑》。这套文库本我藏四种，这两本都有，另两本为《燎原》和《冰岛渔夫》，这套文库本共出多少册不太清楚，依我的经验这也是较为常见的几种。因为是译本，这些书当年乏人问津，我所以收这套书，是因为喜欢它的装帧——咖色漆布面精装，书名烫金，十八开大本，缺憾的地方是纸质差。其实这是一套很不错的书，每册皆出自名家手，插图亦为精选，如果是收书品好的本子，也是很不容易得到的。

笔者检点书市间的日记，所获不多。自然这里是指有版本价值的旧版书，不包括因为阅读而买的旧版，也不包括因为是喜欢的书，从而又买的旧版，勉强可说的仅有刻本的况周颐《二云词》一册。比起往年书市所获，实在可说是贫乏得很，去年的书市，笔者还得到初版的《我们的七月》《赤都心史》《呼兰河传》等十几种。

书市过后几日我再次去店里看时，见架上的书都似曾相识，盖为书市上挑剩下的，没有上新的书。那两本文库的单本还在老地方，没有卖出去，勉为其难地抽出《圣安东的诱惑》，见标价只二十五元，翻到书名页，忽看到右手扉页的背面，有钢笔写着飞舞的两行字："徽因姐存阅。健吾。26 年 1 月 28 日。"乃是李健吾送给林徽因的书，因为是写在扉页的背面，书市上观者如云，竟然也会无人发现。

2018 年 11 月 12 日修改于清河

良友版签名本

　　《良友文学丛书》是新文学中最著名的丛书之一，收录了许多名家的首版书，因之在新文学版本收藏者中间有很大的影响，无论单本还是全套，都成为搜罗的目标。丛书的编者赵家璧先生，晚年在散文集《书比人长寿》中，回忆了这套丛书编辑出版的经过：说他当年的计划是编一套内容和形式都保证一流的文学丛书，区别于市面上流行的白报纸印纸面平装文艺书，改用米色道林纸，软布面精装，另加彩印护封，售价不论厚薄，一律九角，希望是一套售价低廉、使一般贫穷的读者买得起而又装帧精美的书。

　　这个出版试验的结果，证明大获成功，赵家璧先生也以此套丛书奠定了他在中国出版史上的地位。然而无人指出的是，这套丛书的形式灵感，应是袭自美国现代图书馆公司的《现代图书馆丛书》。《现代图书馆丛书》同样是小三十二开本，软布面精装，外加护封，统一的扉页，统一售价九十五美分。所不同的是，《现代图书馆丛书》是重印英语文学中那些已经成名的作品，作为通行廉价的印本发行，而《良友文学丛书》则所收都是作者的新作。

《良友文学丛书》虽然以新颖装帧为标榜，然而因为廉价和印刷水准的限制，实在算不上是精美的书，有品位的鉴赏家莫不对之赍有烦言，鲁迅便或有讽刺地称其装帧为"金碧辉煌"。用作印纸的"米色道林纸"（良友的宣传语），据知堂先生在一文中说，那是一种瑞士的包装纸，薄而且脆，是不宜做为印书的纸张的。丛书中收有俞平伯的《燕郊集》，但俞先生显然不满意此书的装帧，另印了平装白道林纸的特印本，作为赠送友人用。另一种知堂的《苦竹杂记》，也有特印的平装本。

我不太喜欢丛书本，因为长的都一样，感觉像是在集一套邮票，我一般只挑几本喜欢的收藏，品相无瑕疵的就是最好了。良友丛书中也有更好的版本，那就是所谓"良友丛书特大本"。特大本是硬布面的，开本更大，以优质报纸印，共出四种:《爱情的三部曲》《从文小说习作选》《畸人集》以及《苏联作家二十人集》。这四种的护封为各自设计，与丛书的统一护封不同。在1995年中国书店的第二届民国版本为主的拍卖会上，主办方曾拍过一册有护封的《爱情的三部曲》；而在另一次由鲁迅博物馆举办的新文学版本展上，笔者见到有藏友展示一册书品和护封皆完美的《苏联作家二十人集》。这两册书让我垂涎三尺，我自己收藏一册品相欠佳的《爱情的三部曲》和一册失去护封的《从文小说习作选》。

《良友文学丛书》当年还发行作者签名本，赵家璧的回忆文章中说："国外的文学出版界素有发行著者签名本的传统，售价奇昂。为了使中国读者也养成这种爱好作者签名本的习惯，丛书创刊后，也引进了这个方法，每种新书出版，先在门市部出售编号的作者签名本一百册。"

保留完整护封的《春花》签名本（良友图书公司初版）

签名页和作者手迹

签名本专门有一页作为签名页，是事先请作者签好名，然后再装订进书里，每一页都有编号，这种设计在民国时是唯一的。虽然商业化的签字本有冷冰冰的性质，不如作者赠送本有情感的因素，但民国时期只出过这么一次这种性质的签字本，因而这种唯一性大大提高了它们的收藏意义。我的梦想是获得其中的一册，最好是周作人的《苦竹杂记》。后来我只在《唐弢藏书图书总录》里见到过这册梦想中的书。

我所拥有的这本《春花》，带有完整的包封纸，签字本第四十一号，是出价一千三百元从网上拍卖获得的，有朋友以为价钱太贵，而我认为这是一个便宜的价格。后来又有一册巴金的签名本，仅以数百元成交，因为没有护封，我未曾参与，这种求完美之癖，如今回想起来真是相当愚蠢了。

2018 年 11 月 20 日修改

地摊上的"白眉"

　　我有点怀念过去的潘家园。那时书摊还没有搬到现在的地方，卖书的地盘也比现在大得多，分为两部分，我们称为"地摊"和"铁棚子"。

　　地摊在西围墙，是很大的一片空地，摊位大都沿着墙根摆，但是中间也有，摊位似乎也不很固定，不常摆的临时摊贩也可以来。因为是随意的摆摊，绕来绕去的，几位朋友为了能确定方位，自然给一些摊主起了别号，比如有一位被称为"雨天的书"，那是因为我们中有人曾在他那里买到一本品相很好的《雨天的书》。有段时间，某东北贩不知从哪里得到一批民国版书，我等每星期六必趋之若鹜，即呼其人为"东北老太太"。

　　地摊的东墙有个门洞，过门洞即是另一个院子，铁棚子在这个院子里。铁棚子是高级的书摊，这里的摊主是固定的，每人有一个铁皮屋，门口还有一个铁桌子。说他们高级是因为所卖的货要比地摊的价钱高，当然东西也好，其实他们的许多东西也是一早从地摊买来的，再加价卖，因为铁皮屋子的缘故，价钱高一些我们也就接受了。那时我们一般是先去地摊逛，然后再到铁棚子里去找天蒙蒙亮时他们事先买走的好东西，所以总是满怀着希望。

现在的潘家园早已没有所谓的地摊和铁棚子了，卖书的地方只有一条窄胡同，两边是一家家紧挤在一起的摊位，每家一个装书的铁皮柜，柜前支一张遮雨棚，就像菜市场那样。也用不着再给书贩起别号了，因为每个柜子上都有黄油漆刷的号码。逛摊的时候，要么挤在人堆里，要么站在人墙后，伸长脖子窥探，也和买菜差不多。

还是谈点过去的走运事吧。有一次我因去得晚，我在地摊上一无所获，后来一间一间仔细地巡视铁棚子，也只发现一册《河童》。这本《河童》是日本作家芥川龙之介的著作，由黎烈文翻译，1928年商务印书馆初版，为三十二开黄纸面平装本。那时译本并不被重视，买的人寥寥，因为我没有什么可买的，所以花了三十块钱买下这本看上去还算不错的书。

完事以后我走进熟悉的书商铺子里闲聊，那时书籍装帧家张守义先生也常来，他收集民间灯具，恰好也在铺子里。

《河童》商务印书馆初版本书影　　扉页上黎烈文的题词手迹

书商问起买到什么书没有，我只得回说没有，但还是有点惭愧地拿出《河童》请他赏鉴，他拿过去一翻，便高声赞道，"呀，这是今天所见的白眉。"将之递给张守义先生。我不知道所谓的"白眉"是什么，接过来看时，见扉页上竟然有钢笔写的题词："琨华伯母大人赐阅，侄烈文敬赠。"这是我买书时根本就没看见的。

黎烈文出身于没落的仕宦家庭，曾留学日本、法国，他一生中所做的最有影响的一件事就是主编著名的《申报·自由谈》副刊，在他主编期间，许多著名人士都曾为其写稿，鲁迅收入《伪自由书》中的大部分文章也都是在此刊发表的。他的妻子严冰之，是他留法时的同学，在他接手《自由谈》的第一年因产褥热去世。两人感情深厚，黎烈文为此写过《写给一个在另一世界的人》《崇高的母性》等文纪念她。严冰之自幼父母双亡，由伯父母抚养长大，这本书的受赠者"琨华伯母大人"，有可能就是严冰之的伯母。

2018 年 11 月 15 日修改

俞平伯手札两通

我所收藏的俞平伯手札两通，是写在明信片上的。其一写于 1962 年 2 月 9 日：

元善大哥：复书欣诵。尊作叶伯母挽诗极真挚，且妥，甚佩。又承示□□华清新诗，为□。西北一带，弟从未到过，□年读先君秦蜀游记及诗，辄心向往之。星期日上午在嘉兴寺当可晤谈。余不一一，即候双安。弟平书。二、九。

俞平伯的父亲俞陛云，光绪二十四年（1898 年）戊戌科进士第三名，著作有《乐青词》等。龙榆生作俞陛云传，记壬寅（1902 年）著《入蜀驿程记》，信中所说的《秦蜀游记》不知收在何集中，或未刊版。

其二写于 1984 年 9 月 11 日，时年已八十四：

一九六一年二月九日的手札（正面）

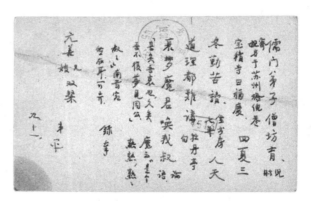

一九八四年九月十一日手札（背面）

　　元善大哥：手示敬诵。诗不衰如旧，期颐之徵。弟有记梦诗，与兄不同。然窃谓"儒门"首句一语尽之，不必更有自传矣。亦谓然否？肃敬双安。弟平书。甲子中秋后一日。

背面录诗一首，并自注：

儒门弟子僧坊育　　　（儿时寄名于苏州塔倪巷宝稽寺曰
　　　　　　　　　　　福庆）
四夏三冬勤苦读　　　（坐书房七年）
人天道理都难讲　　　（牡丹亭句）
衰梦魔君唤我叔　　　（论语"甚矣吾衰也，久矣吾不复
　　　　　　　　　　　梦见周公。"魔云"是个熟熟，熟
　　　　　　　　　　　熟叔叔"南音宛然在耳，可异。）
录呈元善兄嫂双粲。弟平。九、十一。

　　末一句的"叔"字，与第二句的"读"字，按北方音则
声调不同；但苏州土音"叔"读如"熟"，故此叔与读就谐韵
了。笔者幼年曾寄读姑苏，所以知道南北音的差别。此诗较
为重要，可视为平伯老人对自己一生的概括。

　　两通手札都是寄给章元善先生的。章先生长俞先生八岁，
苏州人，早年留学美国，毕业于康奈尔大学，曾任北大和燕
京大学教职。二老晚年鸿雁往来，关系之亲密非他人可比。
这两通信及诗，应未收入俞平伯文集中。

2018 年 11 月 22 日修改

鲁迅旧藏获得记

以前在海淀买到过一部吴承仕先生手批校的《经典释文》，为湘南书局翻刻卢抱经本，两函十二册计三十卷。听说此书是被徐元勋于检视中所发现，内中缺一册，于是从他书配一本，重新装潢，将价钱自几百元改为三千六百元。

内中《周易》以北宋本校，又誊录敦煌唐写残本《一切经音义》于其上；《庄子》以道藏本校；其余为其批语。每卷后有跋，记读书日期，分别以甲篆楷草各体书写，极精。

后来我又在海王村的东廊，发现一部孙诒让《周礼正义》也是吴先生遗书，盖在书末有墨笔书一行曰："某年某月承仕翻一过。"

又在某书店得一册《菿汉微言》，书面有吴先生书："赠沈厅长"，此书是章太炎被袁世凯囚禁在东城钱粮胡同时，与吴氏讲说佛学，由吴氏记录而成。书名页题"章太炎先生口说，民国五年四月印行"。书后有内务部注册禁翻印图章，故而这个单行本流传甚少。

旧书店里还可以看到的先生旧刻，尚有《经籍旧音辨证》《三礼名物》以及《淮南旧注校理》。北师大于1984年出版《吴承仕同志诞生百周年纪念文集》，并重编他的著作为《吴检斋遗书》，收集他的散篇文字及书信编为《吴承仕文录》。

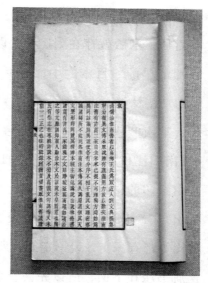

鲁迅旧藏《淮南旧注校理》佳纸初刷本，书品宽大，有别于通行印本

吴先生文字音韵学方面的著作太过专业，我自然是看不懂，但还是可以看他有关经学历史方面的文字。他是此方面的名师，见解自非一般教授可比。我读了他的书，才去读章太炎的书，进而对中国古典学问发生兴趣。

琉璃厂西街有古籍书店，上下两层，上层卖古书和外文旧书。这里的古书，大宗的是碑帖，古籍大多是佛经和通行版本，我不买碑帖，所以并不经常来，来的时候更多是翻外文书。但我也在这里买到过一册"珍本"，就是鲁迅1914年在金陵刻经处刻的《百喻经》。这部经书刻完，印了功德书一百册，书版就存在刻经处，以后续有刷印。我得的虽然不在那最早的一百本之中，好歹是民国的印本，书里有印曰：上海功德林佛经流通处。

　　某次我去店里看书，在古书部的入口书架看见有一册《淮南旧注校理》，这本书普通所见都是玉叩纸印，但这一册是白纸印的，而且书品也宽大。以前凡见吴先生的书，都要抽出来看一下，因他与章太炎、黄侃、钱玄同、杨树达、余嘉锡等都有深交，说不定能有所发现，时间长了也就不翻了。这册书压在下面，所以先去看别的，等出来的时候把这本书抽出来看，果然是大本白纸的初刷本，更好的是在首页标题下有鲁迅的印章，盖为鲁迅的藏本。

铃于首页的鲁迅名章

鲁迅的日记对这本书有记载，民国十四年（1925年）十月二十八日："上午往中大讲，并收九月分薪水泉五。买《淮南旧注校理》一本，《经籍旧音辨证》一部二本，各八角四分。"

　　鲁迅的藏书，现都归北京鲁迅博物馆和上海鲁迅纪念馆宝藏，流传于市的自然是"寥若晨星"了。后来我听琉璃厂某店员说，赵万里先生殁后，其遗书售与古籍书店，此本应是他家所散出。鲁迅在北京阜内西三条寓所的藏书，二十世纪四十年代初确曾有少量流落于地摊，据闻都被赵万里收走，所以此说不无根据。

吴承仕（1884—1939）是安徽歙县人，清末举人，光绪三十三年（1907年）丁未应举贡会考，殿试一等第一名。民国以后执教大学，以掌北师大和中国大学教席时间为长，闻名于北方国学界。他和鲁迅都是章太炎弟子，但鲁迅早在前清留学日本时即就学于章门，吴入章门则已是民国年间了。章门弟子中，鲁迅与钱玄同、沈兼士、朱希祖、马幼渔等均有交情，但是与吴承仕似素无往来，即同在中大任课，也没见鲁迅日记中有交往的记录。他买这本书可能是要用，也可能因同出章门，买来一观吧。

看吴先生书信，他刻书常找文楷斋（民国间名刻书铺），看此书的字体版式也像是文楷斋的，比起所谓手书上板的精刻本，我其实更喜欢匠体字的刻本，因为更少做作，尤其是初印本更好看。这本《淮南旧注校理》是校勘，整理《淮南子》的旧注释，其中常引刘文典先生的《淮南鸿烈集解》，可见刘文典先生的这本书，确为名作。虽然从没看过《淮南子》，也不知道说的是什么，书亦不列原文，我竟然也从头至尾看完了。

2018 年 11 月 25 日重写

关于《飞影阁画报》

    中国是从清末开始有画报的，那时外国发明了石印技术，使廉价印行图画成为可能。《申报》的老板英国人美查，大概见到英国有画报，因之也打算在中国做同样的事，便于1877年创刊中国第一份画报：《寰瀛画报》。这份画报就是用石印印刷的，但绘图和印刷都是在英国完成，然后将印好的散页从伦敦寄回上海申报馆，报馆再由缕馨仙史（蔡尔康）配文字，装订成册发行。因为图片是在外国印，有人就认为这不能算是中国的画报，但当年的《申报馆书目》［光绪三年（1877年）］是将之收入其中的。第一期为九图，前后共出五期，据闻上海图书馆有画报的实物。早年中国书店也曾拍卖过一册，我预展时去看，见只是数页图片所订成的，即没有文字也没有封面，应该不是原本，而是用当年未及成书的散页装订成册。

1880 年 6 月《寰瀛画报》停刊。4 年以后的 1884 年 5 月，申报馆发行《点石斋画报》，随《申报》赠送，这就是近代出版史上最著名的画报，约于 1897 年至 1898 年间停刊。《点石斋画报》报道时事新闻，开了画报的先河，又因为办的时间长，遂保留了大量珍贵的图片资料。

晚清的画报，都是绘图石印的，印在油光纸上，讲究的用粉连纸，照相平版的画报民国初年才有，影写版的就更晚一些。因为画报要画图，由此养成一批以画所谓"新闻纸画"为生的画师。新闻纸画与传统画不同的特征，是新闻纸画采用完全写实的画法。当时画师中最著名的是吴友如，其人为江苏元和人，年少时在苏州阊门城内西街云蓝阁裱画店当学徒，能运用中国传统的画法和西洋的写实画法，他也是《点石斋画报》的画师之一。

吴友如在《点石斋画报》画过不少场面宏大的战争画，可能这是清朝皇室请他画《平定粤匪功臣战绩图》的原因。自从为皇室作画后，吴氏名声大噪，送润资请他作画的各界人士络绎不绝，使他应接不暇。1890 年 10 月，吴友如遂于上海独资创办《飞影阁画报》，这是早期画报中仅次于点石斋的一份画报。他之所以要自办画报，在发刊词中有所说明：

画报仿自泰西，领异标新，足以广见闻，资惩劝。余见而善之，每拟仿印行，志焉未逮。适点石斋首先创印，倩余图绘。赏鉴家佥以余所绘诸图为不谬，而又惜夫余所绘者，每册中不过什之二三也。旋应曾太公保之招，绘平定粤匪功臣战迹等图。图成，进呈御览，幸邀称赏。回寓沪，海内诸君子争以缣素相属，几于日不暇给。爰拟另创飞影阁画报以酬知己。

　　《飞影阁画报》共出版一百期，1893年5月转让周慕桥，更名《飞影阁士记画报》，1894年6月停刊。

　　《飞影阁画报》每期十页，新闻画七页，册页三页。所谓的"册页"与新闻无关，是专为趣味而画的，分别名之曰"沪妆仕女""闺艳汇编""百兽图说"。沪妆仕女每期画上海时装仕女；闺艳汇编则是画古代名媛，比如文姬归汉等类，风格尤为古

《飞影阁画报》创刊号封面

意；百兽图说则画珍禽异兽。起名册页是说可以把它从画报中拆出，按类另订成册，作为专门的图画书来玩赏，这大概就是他创刊词中说的用图画"以酬知己"的意思。

从画报的时事新闻价值来看，《飞影阁画报》远不如《点石斋画报》，但它也有自己的文献价值，那就是保留了当时的民俗风情场景，这表现在所画的"沪妆仕女"册页中。沪妆仕女在画报每期的第一页，是最为精心绘制的，而印刷似乎也与其他画页不同，格外精致，所以可说是石印画报中最精美的图画。当然必须是看原版的图画，后来印的《吴友如画报》就逊色了。

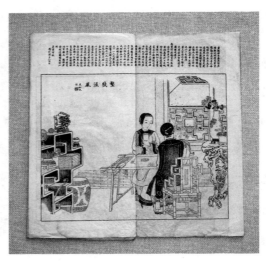

沪妆仕女图

另外《飞影阁画报》在装帧方面有所改良，之前的《点石斋画报》是线装，印大幅图画的时候须横跨两页，中间就不免割裂，而《飞影阁画报》改为经折装，所有的图画都是整张纸的，没有割裂之弊。自飞影阁用经折装以后，上海后出的画报大都采用这种装帧，而北方和广东，虽然还是以线装为多，但多是采用大开本的。

原版的《飞影阁画报》和《点石斋画报》如今已难得一见，只有在拍卖时偶然能露面，最近的拍卖会上拍过几册《飞影阁画报》，品相不错，成交价在万元。当年在西单商场后面的横二条书店，曾有卖此两种画报的。这间书店是中国书店的报刊门市部，专卖旧报和杂志，在柜台里有此两种画报二十来册，花色纸面，内页为粉连纸，皆为原装本，每册一百二十元。虽然每次去都能看见，但那时我的兴趣主要在买旧版书，对期刊不太在意，所以没拿出来翻过。因为有段相当长的时间没有买到什么东西，略有余资，忽然觉得那些原版的《点石斋画报》也很有意思，不如全部买回家去，省得着急。买前去店里仔细翻看，发现有几册是浸过水的，觉得不能满意就放下了。

店里是认得我的，当我想了几日决定还是要买，满怀兴致到书店再把那些画报取出来看时，心里顿时凉了半截，语云已非吴下之阿蒙，原来每册一百二十元，已易为二百四十元矣。放下点石斋再去看飞影阁，原来皆是《飞影阁士记画报》，即是周慕桥接编的，封面为梅花图。但其中有一册是《飞影阁画报》，开本比士记画报大，抽出来看时，见封面上端从右往左写着"光绪十六年九月上瀚第一号"，翻过来看价格，也是二百四十元。由于对改价钱很恼怒，就把这堆东西又都塞了回去。走出书店以后，我想起那册混在其中的《飞影阁画报》无疑是创刊号，而书店居然没有发现。

隔了相当久的时日，有天几位熟朋友一起吃饭，我就随便把这事对藏期刊的谢兄说了，看见他的表情，就知道自己犯下了错误，但也为时已晚，柜台里的那些红绿册子，早就踪影皆无了。回家翻看《全国期刊联合目录》，见收藏《飞影阁画报》的单位只有两个，且所藏皆为零本，收藏较多并有创刊号的只有吉林大学图书馆一家。

不知又过了几年光景，横二条店办期刊展销。我吃惊地发现当年没买成而消失已久的那些画报居然又出现在柜台里，而且还是原来那些册，只不过价钱又变为每册三百元。那本《飞影阁画报》创刊号仍然还夹在里面，所不同的是，这次我痛快地付了款，并对价格毫无异议。

2006 年 7 月 9 日写于亚运村

2018 年 11 月 8 日修改

《药味集》的话

　　旧版的周作人单行文集，有两种是精装本的，为《药味集》和《瓜豆集》。《瓜豆集》也有平装本，平装本为素白封面，"瓜豆集"三字乃是周氏手书，其下有朱文"知惭愧"章一方。精装本的《瓜豆集》是十分罕见的书，可以媲美初版毛边本的《自己的园地》，我至今没见过这个版本，不仅没见过原书，连图片也没见过。《药味集》则只有精装本，出版于1942年。因为这本书是在北平发售，以前读黄裳写的旧文，见他当年曾特意托朋友从北平购此书，可知当年此书发行的地方不多，至今流传下来旧版的《药味集》也是在南方少，而北方略多的样子。

　　比较平装本的书，我喜欢精装本，我认为精装本的书才更像一本书。但是民国时的出版界多数是印平装本的，并没有欧美那样印精装本的传统，特别是文学书，印精装本的更

保留完整护封的《药味集》初版本

加稀少。大概以中国旧有的观念看来，文学乃是小道，既不配藏之名山，所以也不值得花费精力认真装潢吧。周作人的全部著作中，仅有三册是精装本，前述两册之外，还有一册是收在丛书中的，软精装本的《苦竹杂记》。

《药味集》是日据时期北平新民印书馆出版的，装帧完全是日本出版物的风格，为黄色硬纸面小三十二开本，外有包封纸，内文以厚纸印刷，扉页后有周氏照片一帧，目录页的设计也十分独特，也是日本风格。在我看来，这是周作人旧版中印得最好也是很有趣味的一本。说它很有趣味，是因为作者在序言中曰："近来觉得较有兴味者，乃是近于前人所作的笔记而已。其内容则种种不同，没有一定的界限。"说到文章则曰："拙文貌似闲适，往往误人，惟一二旧友知其苦味，废名昔日文中曾约略说及，近见日本友人议论拙文，谓有时读之颇感苦闷，鄙人甚感其言。"

我的《药味集》是于拍卖会上竞拍得到的，因为是几册书一起合拍，大约可以算作四百元获得。那是吴晓铃先生的专藏拍卖会，主要拍卖民国版旧书，周氏的著作约有二十余册，大部分是初版本。几乎每一册书的成交价都相当高，但等轮到我的时候，却很意外地以一千元就买下了四册书，四册是《夜读抄》《知堂语录》《过去的工作》和《药味集》。《知堂语录》也不很常见，而《夜读抄》则让给了谢其章兄。这本《药味集》有完整的包封纸，并在扉页还有吴晓铃先生识语，说周先生在日伪时期尚有若干文章没有收进文集，于教育杂志上某期某页等等，算是意外的收获。

拍卖结束后我与几位朋友在餐馆小聚，拿出书来炫耀了一番，那时我们之前都没有见过这册书，这让我不无得意。然而独有的时日持续得并不久，便听闻国忠兄于隆福寺杂摊上也意外获得一册——有谁能想到在卖杂货的地方居然能碰见这种书。这一册没有包封纸，而不识货的摊主只收了五十块钱。后来发生的事似乎就更让人难以置信，虽然西谚说人不可能两次踏入同一条河流。某日星期六，我站在潘家园地摊前正翻看一册书，这是个临时的摊，在铺开的灰布上仅有寥寥十几册书。这时国忠兄来了，我们寒暄几句，然后他弯腰从我脚下捡起一书问价。我探头看时，见这书我挺熟悉的，黄纸面精装小三十二开，不久前我还以四百大元拍得一册呢。摊主开价是一百元。

这样的事情确实有点诡异，但似乎也并未影响我仍然在拍卖会上抓取那些稍纵即逝的机会。今年三月中国书店的拍卖会，又有一本《药味集》（仍是没有护封），成交价格为一千六百元。我十分庆幸自己用不着再花此前四倍的价格去追逐这本书，而且私下里认为我的这本有完整包封纸和吴晓铃先生手迹的《药味集》，是我所见的诸本中最好的一本。

2006 年 7 月写于亚运村

2018 年 11 月 9 日修订

旧书的趣味

旧书自然是原装本的好，因为原装本保持了书出版时的原样，至于为什么那就不知道了。但中国的古书有些例外，因为无论是宋元版还是明版，流传至今的大都已经过重装，改为了线装。叶德辉写过一本《书林清话》，其中有一整套关于书籍装潢的雅俗讨论，古书界也有流传的一套修书技艺，都是打算把书好好折腾一番的。然而如果宋版是蝴蝶装，明版是包背装，是不能改装的，因为这都是珍贵原装货。

清末和民国的洋装本书也同样是不宜于改装，改装以后就身价大跌。图书馆常把平装本改为精装本，这些书流到市场上来的，且不论制作有多简陋，只是将开本切小这一项就让人无法接受，在精装本中保留原封面的做法也让人觉得十分怪异，所以我从来不要这种书。

旧杂志做成合订精装，并保留原封面和封底我却能接受，因为这表明是杂志的合订而不是一册书。中国书店制作的这种合订本，也是二十世纪五六十年代的老装订好。新装订的绿色硬纸面本，经常会发现有几册复印本夹在里面（是为了多做几套而把原来完整的拆开），为了表示对这种做法的厌恶，有人称之为"绿王八壳本"。

我以前曾见过香港索斯比拍卖图录，有一册《毛主席语录》的首版，被改装成书口刷金、牛皮面的花哨装帧，看了以后却觉得也没什么不好，因为这就是西方人对书籍的惯常做法：在以前他们的书印出来都是简装的，买了以后送到专门的订书铺再订成皮面书。受到这个启发，后来我把几册失去封面，而又敝帚自珍的书也改装成精装本，这是收藏这些书又不懊恼的最佳方法了。对于石印线装油光纸的小说，我是不喜欢的，字小如蚁，翻读不便，也无法插架，唯一可取的是有插图，虽然插图画得也不好。我有进步书局版的这种《老残游记》，一部四册，但字较大，排版也还算疏朗，每回两幅插图（这是最有意思的部分）。我把这部书也改装成洋装的精装本，觉得克服了所有的缺点，成为我独有的精装大字插图本。

原版的精装本最好的是有护封，就是所说的包着书皮的原包装纸。因为这张纸很容易丢，有这张纸的就是完美版本

（当然对我而言纸也要好），没有的就是有缺陷的。一本精装书是否还保留包封纸，以及包封纸的完美程度，这之间，价格会有惊人的差别。

民国版的精装书能保留护封的十分稀少，有的甚至并不知道原来是不是有护封。网上曾拍过一册生活书店初版的《边城》，为软精装版，有完美的护封，拍出价为四千元。如果没有护封的话，其值应在一千元以内。我本人一直想买一册知堂的《苦竹杂记》，这本书是《良友文学丛书》的一种，软精装本，护封是呆板的统一样式，与其说是漂亮，还不如说是拼凑。我手头原来有一本，就是既没那张纸书品也不佳的，后来在西单商场后面的横二条旧书店碰见过一次，书品好但没有护封，售价六百元。而后旧书价飙升，书店里看上去再没买到的可能，网店有这书拍卖时（还是没护封），价格是三千元。有一次我浏览网上书铺，意外地发现一间铺子有梦想中的那册书，并有完美包封纸，售价为四万元，在我看来这是十分离奇的价格，但悲哀的是后来竟然也售出了。所以至今我还是只拥有当年花五十块钱，从新街口书店马某那里不太情愿地买回来的那一本。

以前我曾在潘家园以很便宜的价格买到两册世界书局版的书，为精装的张恨水小说《落霞孤鹜》和《春明外史》。外包牛皮纸，我打开看时，有非常完美的护封，原有玻璃纸也丝毫未损。这两张护封以前没见过，因为是流行小说，就更为难得了，我觉得大概没人能拿出第三本这样的书了。

西方出书的传统都是印精装本，这和中国不同，清末和民国版的书，多数为平装本。中国的平装本最特别的地方，就是印各种封面画，有些封面画很有名，如鲁迅的《呐喊》《彷徨》、徐志摩《猛虎集》等。但我以为清末的书更有趣味，一是稀少，另外还有一种特别不现代的古老的味。

因为是平装本居多，不易保存，所以旧书的品相很重要。有些书并不算难得，但是我想找书品好的就十分困难了，比如老舍晨光初版的《四世同堂》，共四册。这个版本的单册虽然很常见，但要凑成一套书品好的，就会遥遥无期，至今我连一册也还没买到。所以最好的初版书，其首先是要书品好。

自己喜欢读的书，读一册新版和读一册旧版有什么区别吗？对我来说是有的。比如我有旧版精装的《札朴》（清桂馥撰，1959 年中华书局出版）和《癸巳类稿》（清俞正燮撰，1957 年商务印书馆出版），后者知堂先生在文章中常给以赞赏。这种繁体竖排，很精致地印在糙纸上的书本，比起读电脑横排简体的书，感觉要愉快得多。当初老友谢其章兄也曾到处找二十世纪五十年代三联版的《古董琐记》，但是运气很差，总是失之交臂（我没说我已经有两册）。这一版的《古董琐记》有两寸厚，大三十二开，封面用很厚的纸，邓氏自题书名，扉页题篆文，内文带边框和竖排繁体（这是重点）。这书二十世纪八十年代后由中国书店和上海书店又印了不同的两个版本，只能说是乏味的文字载体。但这老版的《古董琐记》似少有人能领略其中的趣味，售价从来也不超过百元。

有些老版的书我是从来不读的，比如知堂的旧版。我读的时候都是读新版的，有这些老版放在那里就满足了。

迷恋于旧书的人，通常还有各种常人难以理解的癖好。比如我希望学术书是大开本的；翻译文学最好是有插图的精装本；而文学书是三十二开，我不喜欢太小的开本；我还喜欢平装本书的封面有折口，最不能忍受的是封面损角和整本书的书角被磨圆，遇见这种书品不好的书不论多珍罕也想放弃。

有时候保持愉悦心情最好的方式不是买到一册初版，或者一册珍本（那样通常都要花很多钱），而是发现一册喜欢读的书的旧版，有着舒服的排版和开本，书品也很好，只需花去不必担心的钱。有次在海王村东廊，我见架上有上海古今书室版的《艺洲双辑》，灰色厚纸封面，十六开本，文字为四号字竖排。这本书的这个版本不算珍贵，但是这本保存如新，还包着老玻璃纸。因为当时买了许多书，我觉得稍放一下，不会有人买，结果改天再来看时，已是杳如黄鹤了。

2006 年 7 月 25 日撰

2018 年 11 月 26 日重写

旧书之爱

买一本旧书，或者因为是名作的初版，或者因为是一本罕见的书，或者因为是自己喜爱的作家的一本装帧精美的旧版本。有时候这些都不是，而是因为完全个人的原因，就是说，同一本书，如果换一个背景和你不同的人，也许会认为这本书不值得买，即使买了，也不会有与你同样的愉快。这种对书的单纯的爱，是只把书籍当作工具，在里面不断挖掘的人所没有的。

有一天我去朋友家看他的藏书，发现他和我一样藏有一册 1934 年版的《画人行脚》，画家倪贻德著。我问他为什么买这本书，他回答说因为书里有苏州风景插图。

我小的时候，因为家中的变故，寄住在苏州我叔叔的家里，那个地方叫山塘街。叔叔的家是在一所旧式的木制大房子里，上下两层，就像北京大杂院，那栋建筑里也住了好几户人家。叔叔家在临街的一面楼上，从阳台上可以观赏街上的景致。我记得街对面有一家洋铁铺，一家修雨伞的雨伞铺，还有一个卖鲜菱角的小摊。街上仿佛是碎石路，有时婶婶差我去买橄榄或梅干，我即出门往东走一段过桥洞，那里有间小干货店，还有一家卖开水和自来水的铺子，里面冒出一团团的蒸汽来。

在好天气的傍晚有时会传来丝竹之声，那是一些人正聚在一起唱样板戏。街上有个挑担卖麦芽糖的时常来，雨天着蓑衣带斗笠。这种麦芽糖我见别人买过，如果没有钱，也可以用铜啊什么的换。这是一种红色透明的黏稠的液体，放在一个大铁盒子里，吃的时候有讲究：用两根竹签挑出来一块，然后再用第三根来回搅拌，等红色透明的黏液逐渐变成了不透明的白色，而且体积也涨大了若干倍，才可以慢慢地享用。如此连玩带吃，对满怀好奇心的孩子们有莫大的吸引力。我天生不愿与大人打交道，因此观察了很多次，以确定是否真的能用一块黄铜跟他交易。直到最终有一个雨天，那人在我家房子的屋檐下避雨，我才鼓足勇气完成了这件无比艰难的工作。

在模糊的对旧时苏州的回忆中，有些场面经常在我思想中浮现，其他的皆杳然远逝，没有印象了。那时在没有能吸引住我的玩的享乐的时候，我常常独自一人，坐在河边看河里的船。苏州的河，不同于那种在旷野中或在村庄边流淌的河，两边是灌木，有泥泞的河岸。它的两边是民居，在喧嚣中流淌，有着大石头垒成的直立的河岸。在宽敞的地方，比如说转弯的地方，有大的桥的地方，会停着很多船，十分拥挤；而在窄的，两边夹着民居的地方，常常是只有一两只船在咿咿呀呀地滑行。

那时河里游荡的多是民船。船舱有木门，门开着的时候，能看见舱里铺着被褥，就像普通人家的卧室那样。船尾有一只橹，当橹摇动的时候，船将悄悄地前进。我喜欢看人摇橹，有时是年老的男人，更多时候是年轻的女士。她们有矫健的身姿，草帽下的相貌可能也很美丽吧。这些都是以船为家的人，苏州人叫他们"船上人"，他们没有居所，四处飘荡。我常观赏他们用餐，有时他们将船停泊在河岸不远的地方，我能眺望他们淘米，洗青菜，聆听炒锅的响声，细嗅飘来煎鱼的香味，直到某个坐在岸边的三年级小学生饥肠辘辘。现在这样的船和船家都消失了，祖母去世时我曾经回去一次，苏州河的浑浊河水里马达轰鸣，汽笛鸣叫驶过的都是忙着赚钱的货轮，然而也有观风景的游船，就是那种类似于在颐和园里来回跑的咚咚响着的东西。

（苏州）　　　河岸

（苏州）　　　渔村小景

（苏州）　　　烟雨灵岩

(1)	(2)
(3)	

《画人行脚》插图
（1）河岸、《画人行脚》插图
（2）渔村小景、《画人行脚》插图
（3）烟雨灵岩。

当年在苏州的潮湿的街道，在冬天的细雨里，常有冒着热气的食担，我最喜欢吃的一味叫"猪血粉丝汤"。这种东西是这样的：用小碗那样大小的竹篓，把煮熟的粉丝放在里面，然后在滚水里烫热，把已经煮熟并切成小块的猪血和粉丝搁在一个大碗里，加上清澈的汤——这种汤我想是秘制和有魔力的。这种美味我当年时时向往而很少有机会品尝，记得有一次，和祖母一起上街，我要求喝一碗那样的汤。我那时虽然小，但也知道祖母每月只有很少的钱，在记忆中几乎很少要祖母给我买什么东西吃，当嘴馋的时候，一般是忍耐，或者吃一点家里现成的东西。这次很不凑巧，正好是月底吧，在那个食担前，祖母没能找到足够的钱。有几个人在吃那种汤，摊主忙来忙去，而我们只好带着空荡荡的肚子和骚动的胃走回家去。回家以后，为了给失望的我一点补偿，祖母给我冲了一碗"藕粉"。那并不是真正的藕粉，而是祖母用淀粉加糖制成的代用品，虽然味道有点古怪，可我的胃口还是得到了安慰。回忆过去，就像拿起画笔，只有那些充满感情的，让你心碎的场面，才能出现在你的笔下，而且永远比实际中的美好很多。

　　倪贻德先生是浙江杭州人，他的先人似乎在清朝当过官，祖父也好绘事，据他说有一幅模仿倪云林的画流传下来，其上有一方闲章，叫作"钱塘苏小乡亲"。倪先生本人画西洋画，是中国早期西洋画的画家，他也为书籍画插图。创造社作家的作品，有些是由他装帧和画插图的。

《画人行脚》由良友图书公司出版，纸面精装本。这是一本游记，有作者亲手绘的插图十幅，其中画苏州风景的有三帧，为《河岸》《渔村小景》《烟雨灵岩》（灵岩山有我祖母的坟）。并非写实的风格，从没见过但是熟悉的景致，它带给我的不是真实的苏州，而是回忆中的苏州，我想，这就是为什么我们需要艺术吧。

2006 年 10 月 2 日　清河

谈书的书

　　我以前很喜欢读与书有关的书，包括书目之类，虽然现在读得少了。记得我刚开始买旧书的时候，听说有一本《贩书偶记》，是由民国间学者伦明的书肆掌柜孙殿起写的。我还以为那是一本谈卖书掌故的有趣的书，每回去旧书店都打听，过了好几年总算买到手（1959年中华书局版，精装本）。原来它只是一本很厚的书目，著录曾经过眼的，又为四库目录未收的书，此外并没什么特别的。

　　我早先也曾买过几年线装书，买到书以后，自然要翻看书目。《藏园群书题记》和《藏园群书经眼录》只能作为消遣看，两书目所载皆是藏园中的善本，看了也没什么用，因为一本也见不到。我喜欢和常翻看的是如《邵亭知见传本书目》这种，这类书目上登录的不只有善本，也有好的普通本，还有何本为佳，何本为陋的评语，可以用来比对自己的藏书。

书目之间见解并不相同，这点也有意思，比如我有一部原刻的《潇碧堂集》，一般书目都不列为善本，有回翻看王重民先生编的《中国善本书提要》（为美国国会图书馆收藏的中国善本），提要中却有几种书种堂原刻的袁弘道文集，并认为这些以赵体所刻之袁集皆极精美。书是赵体字刻，在其他书里没见有人说过。

阿英研究明清小说和近代文学，所收藏的清末民初书籍史料极为丰富，他的藏书没有编成书目，无法窥探他的宝藏，但能从他编集的其他书目和谈书的文章中略见一斑。1935年他为良友新文学大系编了《史料·索引》卷，所用的材料多来自他个人的收藏。在这本绝不枯燥的目录里，条目后面的注释最有意思。若于《女神》条注云："初版，道另印，后改报纸。"在《春水》条注："初版为小本，后改大本。"在《圣母像前》条注："在新诗集中，作者诗集，于装帧上最为考究。"我将这本十六开的目录，视为最好的谈书的书之一。《史料·索引》卷的版本据所见有三种：为灰布面精装，封面有图案的硬纸面精装，黑面红脊精装。

阿英在二十世纪三四十年代还写有几本随笔，其间谈书物之事，亦可做为谈书的书来读。《小说闲谈》为1936年良友图书公司出版，纸面精装，后来人文社重印的时候删去谈避火图的部分；《海市集》1936 年 11 月北新书局出版，为纸面平装本；《夜航集》收在《良友文库》中，为四十八开软精装小本，1935 年出版；《剑腥集》为最稀少，窄长条平装，1939 年 3 月上海风雨书屋出版，印数一千册。

周越然是商务印书馆英文编辑，曾编《模范英语读本》销路甚广，为其购书的资金来源。他收藏西洋的珍本和中国的古书，受到当时流行风气的影响，也收明清罕见刻本小说和词话，故其室名"言言斋"。近代出版物中藏有全份七十二册的清末期刊《绣像小说》，以上可见他藏书的趣味和眼光。周氏早期的收藏（珍善本一百多箱），尽毁于"八一三"之役。战火中他看到飘落于地面的烧焦的纸，字迹依稀可辨，恍以为就是他的藏书。

周氏的藏书亦未编成书目。《书书书》和《版本与书籍》是他写的两本谈书的随笔，前者由上海中华日报社于 1944 年出版，后者由知行出版社于 1945 年出版，现在这两本书市场的卖价都不便宜。另有一本也有谈书文章的《性知性识》，由天马书店出版，这本书则十分难见。此外周氏还以英文写过一本《文学片面观》，1922 年由商务出版，精装毛边本。

叶灵凤早年是创造社成员，以写小说成名，但现在他更让人着迷的身份是藏书家和书籍装帧家。创造社出版的，如今看来已是珍本的许多书都出自他的装帧。他也为书籍画插图，因为与鲁迅打笔仗的时候，曾被鲁迅骂为比亚兹来的拙劣模仿者，后来喜附和的批评家常以此诋毁他。苏雪林早期散文集《绿天》，其中有两幅他画的插图，为"睡莲"和"夜游"，是他最有名的插图。

叶灵凤还是中国最早的藏书票收集者，他有一整份有关藏书票的资料，包括中国早期的部分。至于他为自己的藏书设计的那款"灵凤藏书"的书票，则已是书票中的珍品，为收藏者所追逐。

叶氏中西文书都收藏，如他所说他是爱书家。他的藏书中也有珍贵的版本，如他文章中经常提到，并为他所珍爱的，是一部明版关于中国香港的志书《新安县志》，称为境外的孤本。他写的读书随笔充满爱书的情怀，民国时旧版有《读书随笔》，1936年上海杂志公司出版。移居中国香港后出版的有：《文艺随笔》（1963年）、《晚晴杂记》（1971年）和《北窗读书录》（1970年）。

叶氏的旧版文集我一册也没有，但我曾在隆福寺旧书店买过一册《续纸鱼繁昌记》，因他旧文中有一篇谈到内田鲁庵《纸鱼繁昌记》，是他喜欢的谈书的书，故购此续编聊以充数而已。

郑振铎是大藏书家，他虽然也是收藏线装古书，但趣味与传统的藏书家迥异，收藏明清刻本戏曲小说、刻本绣像及清人文集，除文集外基本是传统藏家所不收的。郑氏的收藏二十世纪六十年代曾编成一部《西谛书目》，有线装和洋装两种版本，我本人喜欢洋装本。这本书虽然印得晚，却很不容易买得到，洋装本的也仅印七百五十册。因为装帧不错，而内容又不那么古板，书友之间都把这本书目作为搜求的目标。

我曾在海淀四道口的图书市场（现早已拆毁）见别人买到一册，想出价买过来，但人不肯出让。隔了几日我路过王府井，偶然进新东安市场的旧书店，在二手书的中间，见一厚册精装本立在那里，灰布书脊上斑驳的金字正是《西谛书目》四字。虽然价钱比地摊货贵了十倍，但难保再遇见它的时候不会更贵。

郑振铎的谈书的文章，二十世纪八十年代编成两册本的《西谛书话》；旧版本则只有二十世纪五十年代出版的《劫中得书记》，为三十二开平装本，装帧和印刷皆简朴。

唐弢是新文学版本书的收藏家，他在大学教授现代文学，编过《现代文学史》教科书，但最使我感到有趣味、有价值的，是他所写的关于新文学书籍版本的"书话"。最早一本以《书话》命名的书出版于1962年，在这本书里他为书话设定的准则为："一点事实，一点掌故，一点抒情的气息。"然而并没有什么人按这一标准写作，稍后中国香港作者黄俊东出版的《书话集》，每一篇都很长。虽然如此，唐先生《书话》的影响，还是无人可以替代的。

唐弢的藏书由他家人捐给现代文学馆，由此秘藏起来，普通的读者难以参观。但馆中编一册《唐弢书目》，虽极为粗疏，亦聊胜于无也。

二十世纪八十年代三联书店出版《晦庵书话》，为《书话》的增订本，增加了三分之二的篇幅，但印刷质量不如旧版的好。《书话》的1962年版，各不同印次之间内容有所差异，皆不难得。这一版还有精装本，为硬纸面装，我曾见胡从经的藏书在鲁迅博物馆展览时有此本，印数当极为稀少。

谈书随笔的选集，民国间只出过一种，为古今出版社于1943年出版的《蠹鱼篇》，这本书很让人喜爱。《古今》是沦陷时期刊随笔一类文章的杂志，执笔者皆一时首选，共出五十七期。《蠹鱼篇》是其刊布的谈书随笔的一个选本，因为作者都是著名的学者和藏书家，故而其中的议论深得藏书的三昧，而行文亦十分幽雅。此书为小三十二开平装本，素白封面，由吴湖帆题书名，只印过两版。

2018年11月24日改写

旧书价的今与昔

    十几年前我在海淀旧书店不很情愿地买下一本巴金的《火》，这是本土纸印的小三十二开本书。旁边有位戴眼镜的先生看见说，土纸本的书有许多是重印战前的，虽然版权页上印的是初版，其实是重印本。我那时不懂行，但我坚持看了看书的后记。后记写于 1940 年的 9 月，而版权页上印的出版日期是 1940 年 12 月，然后我运用专业知识想了好一阵，虽然不无疑虑，还是决定买下这本书。

    多年以后我发现，昔日聪明地买下而没有扔掉的这小本的《火》，不仅是初版，还很珍罕。岁月如流，这么多年过去也没见过第二本，朋友间也没听说谁有收藏。初版的《火》为三部，分部出版，我收藏到第一部和第二部，第三部至今杳然。这书当年的卖价是十五元。

    1995 年时的海淀旧书店还是值得留恋的地方，我每周都去，有四五个店面卖旧书。我先前买线装古书，常去卖古书的店面。有两间对门的店，都是卖古书的，但后来其中的一间撤了，改卖民国的旧书。有一回从古书店里出来，便进对门的店里去看，店里新从四川的旧书店收进一批货，我从中挑出《呐喊》和《而已集》。两册都是北新书局的原版，毛边本，每册二十元。这样的书价比古书便宜多了，古书康熙乾隆之间的每册二百元左右，买一部册数多、刻得好的得好几千元，所以后来我就买民国版的书了，而且我觉得可读性更高。

那时海淀每年都办旧书市，书市的门槛儿是不能去得晚，要是去晚了就没什么可买的了。所谓的人弃我取，根据经验是指在没人要的大路货里再挑出一两本来。但去得早也着急，我有次没开门就进去了，但因为书太多眼晕，待众人一哄而上后，见拿在自己手里的都是不想要的，喜欢的则一本也没有。这里有 1998 年 2 月在海淀书市买书的旧账，现抄几种如下：

《西南采风录》商务 1946 年初版，三十元；

《读诗札记》俞平伯 1934 年人文初版，八十元；

《屠格涅夫散文诗》北新 1930 年三版，二十元；

《赤都心史》1924 年商务初版，五十元；

《我们的七月》1924 年初版本，三十元；

《蠢鱼篇》古今社再版本，二十元；

《呼兰河传》1946 年环星初版，三十元；

《画梦录》文化生活初版，十二元：

记得有一册北新版的《游仙窟》，郑重放在玻璃柜橱里，售价为一百元。当年市场的行情，文学书很便宜，和药谱的价格差不多。潘家园有一书贩，专为日本或韩国人找老版的药谱，夹在里面的文学书卖的时候，即比之药谱的价格。价钱较贵的是有史料价值的书，比如张静庐的《中国近代出版史料》八册，当年就卖至六七百元，如今差不多还是这个价格。"旅行指南"类的书也卖得贵，我买过一册二十世纪三十年代版的《全国铁路旅行指南》，为精装大册，内收各地风景名胜图片很多，以铜版纸印，这些风景足资怀旧，买价是四百元。

1995 年的时候，中国书店办过一次"稀见书刊资料拍卖会"，拍卖会的目录我现在还有，其中有许多珍贵、罕见的书和签赠本，当时觉得卖价惊人，但今天看来简直就是笑话。《幻灭》《动摇》《追求》，这三本的商务初版本只在此昙花一现，各一千一百元；《爱情的三部曲》良友特大本，有完美包封纸，二千五百元；《苦闷的象征》初版本，鲁迅签赠章川岛，四千元；《棘心》初版本，苏雪林签赠陈衡哲夫妇，三千元。

2001 年有一次拍卖会也让人记忆深刻，那是学者吴晓玲先生藏书的专场拍卖。老友谢兄以八千元买了十二本周作人的单行本著作，被视为发疯行为。1993 年的首次民国版图书拍卖会，二十八本周作人的单行本，卖价是三千元。据我的目录所记，此次每册皆在千元左右，以《雨天的书》初版本售价最高，为二千五百元。

拍卖的高成交价，看起来对市场并没有直接的影响，我的日记上记着同一年海淀书市所得书籍的记录：《草儿》初版本一百元；《新诗年选 1919》初版本六十元。赵国忠兄得《玉君》初版本八十元；谢兄得阿英编线装《晚明小品文选》一百元。但这也是以低价格买民国版书的最后一次了。

有一回我去西单的横二条旧书店，此店以喜标高价而闻名，虽然现在看来，那时应该买走所有的书。摆在柜台里的书，让人极有购买欲，然而售价几乎等于拍卖价格：鲁迅译的《工人绥惠略夫》和《苦闷的象征》毛边初版，品相绝佳，各八百元；知堂的《苦竹杂记》和《风雨谈》各六百元；良友丛书若干册，每册四百或三百元。《苦竹杂记》和《风雨谈》两册是我一直想要的书，但《苦竹杂记》没有包封纸，所以最终和认识的经理还价，以四百块买下垂涎已久的《风雨谈》。虽然就当时来说是我买下的最贵的一本周作人的书，但此后也再没买过比那更便宜的了。

民国版书价的忽然高涨，始于 2003 年"非典"时期，因为那时大家都不敢出门，使得参与网络旧书交易的人员猛增。这种网络拍卖使原先未被特别注目的新文学书籍，变成最大热门。此类书价的节节攀升，亦带动了其他民国版书价的上扬。

那时潘家园出现母女俩东北摊贩，以前并不认识。据她说是从上海某藏家处购得一批民国版书，以新文学类居多，所卖价格亦极高，陆陆续续约卖了半年之久，这是最早的地摊上的高价。我与几位同好每星期六皆恭候之，因她们出摊晚，见有佳籍则不免爱恨交织。我买到的书并不多：第二版的《药堂杂文》四百元；也是第二版的《灭亡》，是不同于以后各版的三十六开道林纸小本，三百元；嘉靖白棉纸刻本《沈云卿集》，一千二百元。书品不佳的《山野缀拾》，卖八百元；《春水》毛边再版本，卖一千元；《故乡》和《红纱灯》，摊主据为奇货不肯示人，未知最终的卖价。良友丛书有很多，平均一百元一本，谢兄买了两种有包封纸的，每本四百元，我们都认为那是不可接受的高价。

地摊上碰巧也还能买到廉价的好书：国忠兄买到彩色版

精装，万叶书店出版的《子恺漫画》，此书为十六开本，浮贴图，是丰子恺漫画书中装帧最精美的，三百元；我则买到极罕见的《杭州白话报》，此为清末著名刊物，线装木刻本，只花了区区十元。

现在想买一本喜欢的旧书，而不识货的摊主又未能狮子大开口，这样的机会可说是微乎其微。拍卖会上民国版书好的版本不常见，即使有也无法问津；旧书店就更无法看了，皆为破烂的书本，或者从前都没人要的书，如今写上吓人的价钱；潘家园的地摊上略好的旧书几乎绝迹；剩下的机会是在网上的拍卖平台与全国的同好竞争。如前不久网上拍一册《流言》，此书我以前在遗产书店曾花三百元买过一册，而这是老友谢其章兄念兹在兹的书，彼曾梦寐以求而至今未得，激烈竞价的结果，以二千六百八十元成交。相熟的朋友怨其哄抬价格，皆欲骂之，但隔几日竟又有一本上拍，以五千元成交，谢兄所出之价已瞠乎其后矣。

自网络有拍卖以来，旧书的价格已无往日的晦暗，今将几种成交价高的书抄在这里，以窥一斑：

《流言》初版，书品一般，五千元；

《围城》初版，书品一般，四千元；

《边城》初版，精装有护封，四千元；

《海上述林》初版，仅有上册，二千六百三十元；

　　捡漏的时代已经过去了。幸好我没打算当藏书家，也不梦想买谷登堡《圣经》，而只想做一个爱书者：有满架的整洁的书，其中也有喜欢的老版本。

2006 年 7 月 20 日于清河

2018 年 11 月 24 日修改

书斋中的藏书票

　　十多年前，在琉璃厂旧书市碰见谢其章兄，那时我们还不很熟，见他买到一册有护封的精装本《红岩》，表示羡慕不已，而那时很少人喜欢买二十世纪五十年代的书。我在那次书市上也有小的收获，是买到田间二十世纪五十年代散文集《欧游札记》，绿布面的精装本，内有送杨朔的签赠题词。后

目前所见中国最早个人藏书票——关祖章书票。

来有一个偶然的机会，在海淀旧书店买到那张著名的"关祖章藏书票"，与谢兄激赏之下，知道他也对书票极感兴趣。但他只是买相关的书籍，不怎么收集原作。

　　我对书票毫无印象时，认识潘家园一位书商，其人身材高大，很喜欢谈他的奇遇：曾有一次他买下了一位老人的

全部藏书，其中的藏书票似乎是有一麻袋那么多。他常提起的是一张叶灵凤的藏书票，还有一张是名为"饮水思源"的藏书票。他说起这故事时总是眉飞色舞，我则昏昏欲睡。有一天他终于拿来他的一本收藏品，其中包括这两张书票。"灵凤藏书"在三联版《叶灵凤书话》中有一张照片，但出乎意料的是，印在中国纸上的原作却是如此的精美。"饮水思源"的书票显然是属于某个来华教士的，虽然票面十分中国化，但觉得除了饮水思源一句成语用得很贴切以外，也没有什么特别的意义。

我真正着手收集藏书票，也就是说在旧书店一本一本地翻西文书，看它们的内封，是受到吴兴文兄（那时还不认识他）的影响。有一段时期他在《读书周报》上连载短文，写他收藏的西洋藏书票，这些文章很有趣味，而后他又出版一册印刷精美的《我的藏书票世界》。我不可能那样收集书票，所以给自己划了一个很小的收集范围：只收集民国时期的中国书票。

吴兴文是藏书票收藏家，所藏我国早期书票，及西洋名家名作书票，称海内第一。其中的珍品，收录在所著《我的藏书票世界》中，中国最早的私人藏书票"关祖章藏书"就是他发现并写文章考证的。吴先生有书生气，我们常在潘家园相聚并各举所得。印象最深的，是有一次他买到一册文化生活出版社精装本的《猎人笔记》，内有耿济之的题赠。那书我也看见了，但嫌价钱贵，竟未拿起来翻看。

认识吴兴文兄是老友谢其章所介绍。谢兄好赞人，且多于事无征，如同某报纸然。记得某次大家在一起吃饭时，吴兄问我藏有多少书票，我回答说可能有二十多张，孤掌难鸣的吴兴文兄脱口道："这么少吗？"我才意识到，大概是谢某人把我说成是书票收藏家吧。

我从未梦想当藏书票的收藏家，那个专藏民国书票的缺乏自知之明的计划，也早已烟消云散。有一次随吴兄去范用先生家，见到范老家的一册贴"灵凤藏书"书票的叶氏旧藏——那种书叶氏当年只贴了几册，我看了以后也并没如坐针毡。前年吴兴文兄在鲁迅博物馆办书票展，事后出版一本《藏书票风景》，我的几张不成气候的书票附在骥尾，藏票的历程就此画了一个伤感的句号。

汉语里面有句话叫"敝帚自珍"，说的就是我们这样的人。虽然我藏票的热情已衰减很多，但也还想把几张当初获得时十分得意的，列举出来，所谈的自然也都是细枝末节而已。

关祖章藏书票是已知中国最早的个人使用书票，已是一个不争的事实。关氏早年留学美国，归国后供职于铁路，是好玩古董之大收藏家。据吴兴文兄的考证，此票至迟应制作于 1914 年。他所藏的贴于 1913 年版《图解法文百科辞典》上，并有关氏 1914 年手书的题词，可以推定此票的使用时间，故而最有价值。

在国家图书馆藏书票展上我曾见到另外一张，也很值得记录。这一张票贴在清末出版的《京张路工摄影集》上，也是关祖章的藏书。书是京张铁路竣工时所摄银盐照片贴成的，为非卖品，皮制封面一巨册，除了贴书票，在扉页还盖了一方与书票图案一模一样，大小也相同的印章，只是"关祖章藏书"五字为竖排。我以为印章应该早于书票，而书票是按印章的样式后做的，因为没道理在贴书票的情况下再盖印章，毕竟洋装书以贴书票为正宗。

这种珍本书上贴着珍贵书票的书，笔者做梦都想拥有一册。我的这张书票是贴在美国著名作家杰克·伦敦的文集 *War of the Classes* 的里封，书为初版精装本，是在海淀旧书店的书市购买，虽然没有以上两种那么好，总强过两手空空不是？

有年代可考的"北洋大学藏书票"

北洋大学图书馆藏书票（也许只能算是藏书签条，在此不论），贴在一本关于美国内陆河流的书上，比较有参考价值的是其上有手写明确的时间为 1915 年，只晚于关祖章书票一年。我以为中国最早的藏书票，很可能应是图书馆藏书票，如同日本最早的藏书票是图书馆藏书票一样。近代西方教士大量进入中国的时间很早，约始于十九世纪中叶，而后在中国创办了各类教育机构，这类机构皆有藏书，教会亦有藏书楼，所以很有可能有藏书票使用，只是尚未发现而已。

褐木庐藏书票

褐木庐藏书票是宋春舫先生的个人藏书票，也是为数寥寥的名人藏书票之一，而名人藏书票就像名人的书籍一样有价值。宋春舫是戏剧研究家，他是当年海内收藏戏剧著作最丰富的学者，在青岛筑"褐木庐"藏书室。我的这一款"褐木庐藏书票"是他常用的；他还有另外一款为更少见，图案为传统印章的样式，白文"春舫藏书"四字。书商曾展示这张票，贴在一本褐木庐旧藏的大本戏剧书上，我看了喜不自胜，但最终未能获得。宋春舫有两部文集:《宋春舫论剧》和《宋春舫论剧二集》，在二集附"汉译欧美剧本的统计"。他的藏书也印成目录一册，为《褐木庐藏剧目》，出版于 1934 年。

赵萝蕤藏书票

赵萝蕤藏书票也是一款名人藏书票，这张票的存世量十分稀少，比褐木庐藏书票要稀少得多。书票的制作者为美国有盛名的版画家肯特。当然这并不是肯特专门为她制作的个人藏书票，而是一款通用藏书票。在二十世纪四十年代，美国书店流行请版画家制作藏书票发售给普通读者，如果顾客要求，店家即于书票上加印名字，也成为个人藏书票。赵萝蕤先生的这款藏书票，就是她当年留学美国时这样制作出来的。

陈梦家、赵萝蕤夫妇的藏书当年曾流入潘家园。朋友获得赵萝蕤译《荒原》（仅印三百册）；又得刘半农重印的《香奁集》，为精印线装小开本，两册都是陈梦家的藏书。我本人买到一册原本初版的艾略特文集 *After Strange Gods*，精装十八开本，有陈氏夫妇的手迹。这张赵萝蕤的藏书票也是那时买到的，贴在一册吉卜林 *Mine Own People* 的里封，扉页有她的钢笔签名，日期为 1947 年，地点为芝加哥：这款藏书票可以算是早期名人书票中的珍品。

在华外籍人士所用的藏书票，只要有中文字样，或者图案有中国元素，可以确认是在中国使用，也被认为是中国的藏书票。有人收集到一些著名的传教士和社会活动家的这样的书票，皆为难得之物。我的这张"纪满"书票，票主为 J. Gilman，图案很中国化。这张书票是由其本人设计的，贴在一本 1897 年的英国文学书目上。这位"纪满"名詹姆斯·纪尔曼，是英国传教士，二十世纪二十至三十年代在河北霸州的胜芳镇传教，曾出过一本名叫《胜芳》的书，书内收他当年拍摄的珍贵照片。

民国期间经名人使用的藏书票是很少的，就那么寥寥的几张。如果在"中国早期藏书票"的这个题目下，不是很闻名的人士使用过的藏书票，也很有收集价值。这张"石埇壬藏书票"是在某次书籍拍卖会获得的。那次拍卖一共有两张：一张贴在我认为很有意思的书，一大本精装的《北平风俗类征》上，但因为谢其章兄对那本书志在必得，只好放弃了。另一张贴在《一个农村的性生活》上，是票主的毕业论文，晒蓝本，牛皮面订为两巨册。这两册在场上流标，是事后协商以底价归我的。票主石埇壬毕业于燕京大学社会学系，日据时期在北平中法汉学研究所民俗学组任研究助理，后来受聘云南大学社会系，二十世纪五十年代初病故。现在看来这两册有调查报告性质的毕业论文，保留了珍贵的华北民俗材料，其价值远超贴在上面的书票，可以说是买椟得珠的事。

贴"石埕壬书票"的
论文《一个农村的性
生活》

"纪满"藏书票

石埕壬藏书票

郑鏖藏书票

　　"相衡郑鏖藏书之章"的藏书票，是贴在一册 1891 年版
的通行本法文书上。这张书票看上去很老，风格像是清末刻
本书和石印本书的牌记风格，我初得时惊喜不已，也以为可
能是清末的作品。但后来得到他另一款图案为青竹的藏书票，
从风格看又绝非是早期制品了。后来我考查得知，郑鏖（相
衡）为广东潮阳人，二十世纪初留学哈佛和牛津，后来任教
清华，他是中国大学政治学系的开创者之一。郑先生虽然是

《清华年鉴（1924-1925）》

清华年鉴上的"厚德载物"
藏书票

了不起的人物，但其名却不甚彰，现在知道他收藏很多西文
善本和限定版书，精通英文，翻译过《论语》和《道德经》。
从他有两张书票看来，如同牌记的那张可能是他留学时用的，
从哪一年开始目前却无可考。

　　清华大学的这张"厚德载物"藏书票比较特别，是直接
印在1924年的《清华年鉴》上，所以它有明确的年代，是
早期的书票之一，并且估计也没有做为普通书票发行过。这
册《清华年鉴》为充皮面精装，内文用铜版纸印，皇皇一巨
册。吴兴文兄也藏有一册《清华年鉴》，比我的更好，书的整
张扉页设计成一张藏书票，这是我见过的最具奇思妙想的藏

书票了。

我的民国时期藏书票中，也就是以上几张值得一说，这篇小文，原取名"我的羞涩的藏书票"，意思是我的藏票的寥落，有点羞于启齿。经某友人嘲笑一番后，只得改成现在的题目。

2018 年 11 月 12 日修改

第二辑

关于赵清阁的剧本《生死恋》

最近我在网上书店购得一册赵清阁的剧本《生死恋》，为商务民国三十一年（1942 年）12 月赣县初版，土纸本。查了一下各书目，唐弢书目无藏本；《中国现代作家著译书目续编》（书目文献 1986 年）有重庆商务 1942 年 5 月订正再版，1947 年 2 月沪初版；《民国时期总书目》（书目文献 1992 年）除上述两种外，还有长沙商务 1942 年 11 月订正三版；最后在《中国现代文学总书目》（福建教育出版社 1993 年）找到此书的第一版，著录为 1942 年 3 月重庆商务初版。几种目录都没有著录赣县版。1947 年 2 月的沪初版是战后据订正再版印的。

这个剧本是根据雨果的悲剧《狄四娘》改写。《狄四娘》最早由东亚病夫（曾朴）译为《向日乐》，后来张道藩改为中国剧上演，抗战时赵清阁又把它改编成电影剧本。现在的《生死恋》是五幕话剧，也改写成中国故事，发生在民国 27 年

（1938 年）的北平。

　　首有洪深序，次献词，正文，后记，最后附作品目录。献词如下："献给：亲爱的莹。这是你远飞海外的临别赠笔，第一次所耕耘出来的产物。用她代表你和我，以及祖国和我的情谊——'生死恋'——"

　　商务在战时出的土纸本书质量是最佳的，远超其他

《生死恋》民国三十一年赣县初版，土纸本。

出版社。这一册书用纸很厚，字迹清晰，因土纸结实，我甚至觉得比它战前印的书还有意思。

2018 年 11 月 27 日　清河

《星空》初版本

　　《女神》和《星空》是郭沫若最早的两本诗集，前者出版于 1921 年 8 月，后者出版于 1923 年 10 月，都是由上海泰东书局出版。该书局创办于民国初，老板赵南公以前也是出版礼拜六派的小说，著名的如扬尘因写的《新华春梦记》。我的藏书中还保留一册该书局 1920 年出版的小说《沙漠美人》，封面由海派画家钱病鹤绘，张静庐作序。郭沫若、郑伯奇、郁达夫、成方吾都在该书局做过编辑，《创造周报》《创造季刊》也是在这里出版的。

　　张静庐《在出版界二十年》曾写到《女神》的出版故事："在我的手里，替沫若印出一本《女神》一本《茵梦湖》。当《女神》付排时，他是主张用新五号字排的。用新五号字印在洁白的毛道林纸上，真是黑白分明，十分美观。可是，上海普通印刷所里都没有这种字体，我曾经跑到虹口日本人开的

《星空》1923年10月泰东书局初版本，郭沫若自题封面

芦泽印刷所去探问，开价要两元一千字排工，吓得不敢成交，还是用的普通五号字体，普通的报纸印刷。以看惯了日本书的眼光来看，（它）当然会引起他的不满意。"新诗集中用好看的铅字印的，我见过宗白华的《流云》，十分精美的仿宋字。

据张静庐回忆，在二十世纪二十年代初，新文艺书并不好销，各书局一般只印五百至一千册，要到1925年才突然变得畅销起来。因为这个原因，在此之前出版的新文艺书籍都很不好找。我只有一次在潘家园见到一位认识的书商，刚在别的摊贩手里买到一册初版的《女神》。他是个行家，而且我听说他有把买到的好书自己收藏起来的癖好，所以也没敢指望他能割爱。

郁达夫的《沉沦》也是由泰东出的，《女神》和《沉沦》的初版一直是我想要的两本，至今未得，但却有幸买到了初版的《星空》。

2018年11月27日　清河

《瓜豆集》精装本

　　我因为爱读知堂先生的文章，所以一直在收集他的旧版。我的目标范围主要是文集这部分，不包括翻译和其他类的书，虽然这部分大概只有三十册，但是要穷讲究书品，或还有其他毛病的话也不容易，况且现在普通一册都卖至数千元，罕见点的还要更贵，所以至今也只收集到十几册。

　　文集中印次最多的是《自己的园地》，出版的时间也最早，为1923年9月。该书被编为《晨报丛书》之一，后来不仅有改版，封面也更换了好几次（至少三次），我见过最晚的一版大概是第十六版。这本书的初版是最难找的，当然最理想的是初版毛边本。《谈虎集》因为是上下两册，一般所见或是配不成套的，或者书品不好，没有这两样缺陷的基本上可以说是没见过。《谈龙集》的初版毛边本，书品好的也很稀少。

　　知堂文集中的三册精装本书，《苦竹杂记》《药味集》《瓜

《瓜豆集》精装本，1937年3月宇宙风社初版，常见为平装本

豆集》，在我的优先购买计划之内。《苦竹杂记》虽然不难见，但想要完美护封，以至于蹉跎至今；《瓜豆集》因为有平装本发行，故而它的精装本最为难找。

《瓜豆集》的普通平装本在文集中也不算常见。2001年我在中国书店拍卖时见到一册，开始作为首选目标，后来偶然在家翻旧期刊，见到当年发的广告，称精平装两种，顿时觉得还是应该等机会买精装本为上策，所以便放弃了去买别的。然而事实说明这个等待相当漫长，直到最近才在网上一家书店偶然买到，离我当年想买那时已经过去17年。

这是我第一次见到这本书，红漆胶布面，书名烫金，米色道林纸印。有朋友曾问是不是可能还有护封（我当然希望不要再有护封），这还真的很难说，不过据经验判断，多半是没有，因为有护封的书通常只在书脊烫金，一般书面就不再烫金了，比如《良友文学丛书》就是如此。

2018年11月27日　清河

《财主底儿女们》精装本

查看日记是 2000 年 8 月的一个星期六，潘家园一位很熟的售书朋友让我过去，他有时会留书给我，据他解释是因为我不还价。这次他拿出一册大厚本，蓝布面精装的书，接过来看原来是路翎的长篇《财主底儿女们》。这部书一般都是平装上下两册，从没见过有精装合订本，开始还以为是后改的，但仔细看书面有压凹的装饰画，书脊的字虽然已磨没了，但还能看见印刷痕迹，无疑是一册原装本。

这部小说先出版了上半部，查了几种书目皆没有记载，然后查《胡风回忆录》，应该是在 1945 年 8 月，由希望社出版，土纸本印一千册，全书则是 1948 年 2 月出版。

路翎是七月派作家，自《饥饿的郭素娥》出版以后，他的才华备受文坛瞩目。这部《财主底儿女们》是他的代表作，胡风当年即极为看重，他在为此书所写的序中说："时间将会

《财主底儿女们》精装本，1948年
2月希望社出版

证明，《财主底儿女们》底
出版是中国新文学史上一个
重大的事件。在这部不但是
自战争以来的，而且是自新
文学运动以来的，规模最宏
大的，可以堂皇地冠以史诗
的名称的长篇小说里面，作
者路翎所追求的是以青年知
识分子为辐射中心点的现代
中国历史底动态。"

这种精装本的印数
是多少，大概可以根据版权页来推测。版权页上写的是：
"第一部再版（一〇〇一至三一二〇），第二部初版（一至
二一二〇）。"估计印数应为一百二十册。我的这一本书名页
还有签赠："给路社，牛，三十七年十一月十六日。"均不知为
何人。

2018年11月28日写完

商务初版本《迦因小传》

　　林纾（琴南）因为反对白话文和新文学，在教科书里被描绘成顽固守旧和反动文人的代表，其实他亦只是坚守个人的信念，而眼光不如胡适之而已。在清末文学的启蒙时期，他以古文翻译的外国文学，对旧文学的冲击，其实无人能出其右。他就是这样的一个矛盾人物。

　　章太炎很不喜欢林纾的文章，认为他的古文夹杂唐人小说的笔法，有失雅正，之所以能流行一时，是迎合了俗众的胃口："江湖之士，皆艳羡之。"陈衍（石遗）也有类似的议论。有一个讽刺性的例子，是太炎弟子的周氏兄弟（鲁迅和周作人），当年在日本以古雅的文字翻译了两册本的《域外小说集》，这部书在东京和北平两地一共才卖出了四十来本。此两册书也因此成为今日新文学收藏家们眼中绝罕难求的珍本，其中仅一册就曾拍出近三十万元。

《迦因小传》上下册，商务印书馆《说部丛书》初版本

　　林琴南先生的译本，以《巴黎茶花女遗事》《黑奴吁天录》和《迦因小传》最为著名。《迦因小传》为一部两册，光绪三十一年（1905年）商务印书馆出版，编入《说部丛书》。据林纾在序中说，此前他在杭州读过蟠溪子的译本（只译了原书的下半部），译笔雅丽；后来他得到"哈氏丛书"，见其中有迦因全本，想寄给译者，但无从得知其里居姓氏，魏子冲就请他重译了。

　　林译《迦因小传》轰动一时，有赞赏者亦有诋之者。阿英《晚清文学丛抄》收署名"寅半生"的文章，因迦因私孕，诋其诲淫；又有夏僧佑《积雨卧病读琴南迦因小传有感》，其词曰："万雨堆里垂垂老，悔向人间说古今。薄病最宜残烛下，暮云应作九州阴。旁行幸有伽娄笔，发喜难窥大梵心。会得言情头已白，撚髭想见独沉吟。"可见其译作不仅在普通读者，即在知识分子学者中也很有影响，亦可知越是有学者，思想越开明。

因为林译的这本书，作者哈葛德成为"英国大作家"，而据说他在本国仅是二流作家而已。

我收藏的《迦因小传》为商务印书馆初版本，书品很好，是网上开店的很熟的书友卖给我的，价格两千元，在书价如此高的今天，已经是很平的价格了。林译的另外两种，我只有文明书局版的《黑奴吁天录》（1905 年），至于几种木刻本的《巴黎茶花女遗事》，价格太高，就无力购买了。

2018 年 11 月 26 日　清河

古本《本事诗》

　　《本事诗》是很有趣的一部书，乃是有关四十几则唐诗的本事。虽然出诸唐人手笔，但并不都是其所亲历亲闻，大概多数还是从别人的书里抄出来，编纂而成的。这书虽只能作如是观，然而却使许多奇妙的故事得以流传下来。据说此书是后来流行的"诗话"的源流，但与诗话还是有区别的，诗话虽然也会牵连到一些掌故和背景，然而重点在于说诗，《本事诗》则不然，重点乃在于叙述与诗有关的故事。

　　作者孟启的史料从前是很稀少的，据《本事诗》序的末尾"时光启二年十一月……前尚书司勋郎中赐紫金鱼袋孟启序"，可知他于唐光启二年前曾官尚书司勋郎中，有学者根据零星的记载也对他的生平作过一些查考，所得亦极微。后来考古学者在洛阳发掘出唐墓志若干，其中有两方恰好是孟启亲撰的，经过考证，得知他大概生于元和末年（约820年），平昌安丘人，僖宗乾符二年（875年）进士，其妻李氏为唐宗室。《本事诗》成书约在景福以后，那时孟启已七十余岁了。

《本事诗》依所叙的人物事迹分为"情感第一、事感第二、高逸第三、怨愤第四、征异第五、征咎第六、嘲戏第七"凡七题，每题下若干则，共四十一则故事，序一篇。

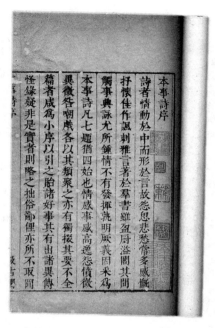

《本事诗》明汲古阁津逮密书本

"情感"题下第一则，为南北朝时陈太子舍人徐德言与乐昌公主本事。陈太子舍人徐德言，妻为陈后主妹（封乐昌公主），才色皆佳。陈将亡国时，德言嘱妻子曰：以君的才貌，国亡后必入权豪之家，从此永绝。倘若情缘未了，还能重聚，以信物为证。遂破一照（铜镜），二人各执其半，相约正月望日于都市相会。陈亡后，公主果入越公杨素家（杨素隋初封越国公），宠爱殊厚。德言则颠沛流离，堪能至京，遂于约定之日访于都市。见市有苍头卖半照，大高其价，人皆笑之，德言引至居所，出己之半照相合。乃题诗曰："照与人俱去，照归人不归。无复嫦娥影，空留明月辉。"公主得诗涕泣不食，杨素知之，怆然改容，召德言还其妻，并厚赠之金，闻者无不感叹。杨素与徐氏夫妇共饮，席间令公主为诗，诗曰："今日何迁次，新官对旧官。笑涕俱不敢，方验作人难。"遂与德言归江南，竟以终老。

第三则：宁王曼（皇太子）有宠妓数十，皆绝艺上色。其宅左住一卖饼者，其妻纤白明媚，宁王一见瞩目，重金与其夫，取其妻子，宠惜逾等。越一年，王问之曰："汝复忆饼师否？"默然不对。王遂召饼师使相见，其妻注视，双泪垂颊。其时，宁王座上有客十余人，皆当时文士，见状无不凄楚。王命众人赋诗，右丞王维诗先成，曰："莫以今时宠，宁忘旧日恩。看花满目泪，不共楚王言。"以春秋时楚文王灭息国，掳息夫人归，息夫人却始终不肯与其说话之典故，以刺宁王。据《唐诗记事》，此诗出后，"座客无敢继者，王乃归饼师，以终其志。"

以上两则，所于今日有异者，在于使人感悟到人皆有情，初不在于是何身份，而古人也视之为平常事。

第六则，是传闻甚广的"红叶题诗"故事。顾况在洛阳，与三诗友游苑，偶于流水中得大梧桐叶，见叶上有题诗曰:"一入深宫里,年年不见春。聊题一片叶,寄与有情人。"知从禁中所出。明日,顾况寻至流水上游,亦题一诗于叶上,放之水波中,诗曰:"花落深宫莺亦悲,上阳宫女断肠时。帝城不禁东流水,叶上题诗欲寄谁。"后十余日,有客人来苑中寻春,又于流水中得诗叶,乃和顾诗者,诗曰:"一叶题诗出禁城,谁人酬和独含情?自嗟不及波中叶,荡漾乘春取次行。"

第八则叙韩翃故事。韩翃为名诗人,"大历十才子"之一。此则故事是全书中最长最曲折者,末有跋云:"开成中余罢梧州,有大梁凤将赵唯为岭外刺史,年将九十矣,耳目不衰,过梧州言大梁往事,述之可听,云此皆目击之,故因录于此也。"则此故事应为据口述实录者。

韩翃少负才名,天宝末举进士,所与游者皆当时名士。韩成名前,居所邻居为李将的美妓柳氏。柳氏每以暇日窥韩所居,见室唯四壁,然闻客至必名人。一日语李将曰:"秀才穷甚矣,然所与游必闻名人,是必不久贫贱,宜假借之。"李曰然。李将豁达,与韩翃常同饮,一日具馔邀韩,酒酣谓韩曰:"秀才当今名士,柳氏当今名色,以名色配名士不亦可乎?"又曰:"大丈夫相遇杯酒间,一言道合尚相许以死,况一妇人何足辞也?夫子居贫无以自振,柳资数百万可以取济。

柳，淑人也，宜事夫子能尽其操。"言罢即长揖而去。

来岁韩翊成名，淄青节度使侯希逸奏为从事。因世事扰乱，未敢携柳氏随行，留之都下三年。韩翊期间以碎金置练囊中寄予柳氏，并题诗曰："章台柳，章台柳，往日依依今在否？纵使长条似旧垂，亦应攀折他人手。"柳复书答诗曰："杨柳枝，芳菲结，可恨年年赠离别。一叶随风忽报秋。纵使君来岂堪折。"

而后，韩翊随侯希逸入朝，寻访柳氏不见，已为番将沙叱利所劫。翊怅然不能割舍。一日去中书，行至子城东南角，有犊车缓缓随后，车中有声问曰："得非青州韩员外耶？"曰："然。"遂披帘曰："某柳氏也，失身沙叱利，无从自脱，明日还于此路，请来一别。"明日韩翊如期而至，犊车亦至，车中投一红巾包小盒子，内为香膏，呜咽言曰"终身永诀。"车如电逝。是日，临淄大校置酒于都市酒楼，韩赴宴，怅然不乐。座中人曰："韩员外风流谈笑，未尝不适，今日何惨然耶？"韩翊据实以告。有虞侯将许俊，年少被酒，起身曰："僚尝以义烈自许，愿得员外手笔数字，当立夺之。"座人皆激赞，韩不得已与之。俊乃急装，骑一马，牵一马，驰趋沙叱利府。会叱利外出，直入府曰："将军坠马且不救，遣取柳夫人。"柳氏惊出，即以韩札示之，挟上马绝驰而去，席未散即以柳氏授韩，一座惊叹。时代宗方倚重沙叱利，众人惧祸，同见节度使侯希逸言其故。希逸扼腕奋髯曰："此我往日所为也，而俊复能之。"立修表上闻，深罪沙叱利。代宗见表称叹良久，御批曰："沙叱利宜赐绢二千匹，柳氏却归韩翃。"

此后韩翃闲居十年，德宗时再为李相幕吏。时韩已迟暮，同职皆新进后生，不能知韩，韩悒悒殊不得意。唯末职韦巡官知其为名士，与友善。一日夜半叩门，贺韩曰："员外除驾部郎中知制诰（起草皇帝诏令之官）。"韩大愕然曰："必无此事，定误矣。"原来制诰乏人，请求圣旨，德宗批曰："韩翃。"时有人与韩翃同姓名，为江淮刺史，于是又以二人名同进，德宗复批曰："春城无处不飞花，寒食东风御柳斜。日暮汉宫传蜡炬，青烟散入五侯家。"又批曰："与此韩翃。"韦巡官再道贺曰："此非员外诗也？"韩曰："是也。"才知不误。

"事感"题下第四则，曰白尚书（白居易）姬人樊素善歌，妓人小蛮善舞，白曾为诗曰："樱桃樊素口，杨柳小蛮腰"。时白氏年高迈而小蛮方丰艳，因作杨柳之词以托意，曰："一树春风万万枝，嫩于金色软于丝。永丰坊里东南角，尽日无人属阿谁。"宣宗朝，国乐唱此词，宣宗问谁词，永丰又在何处？左右告之。遂命人取永丰柳两枝，植于禁城内。白氏感上知其名，且好尚风雅，又为诗一章，其末句云："定知此后天文里，柳宿光中添两枝。"

此为小蛮事。另白氏所作《不能忘情吟》序中，载樊素之事。白氏自云年老病风，料理余事，放樊素出（时年二十余）。有一马亦欲卖之，当牵马出门之时，其回首一嘶，似有眷念之意，樊素闻之惨然。白氏遂与共饮素酒，成《不能忘情吟》二百五十五言云。

"征异"题下第二则记宋之问事。宋之问以事累遭贬黜，后放归，至江南游灵隐寺。夜月极明，长廊吟行为诗曰："鹫岭郁岩峣，龙宫隐寂寥。"第二联搜索奇思，终不能如意。寺有老僧，点长明灯，坐大禅床问曰："少年夜夕不寐，而吟讽甚苦，何耶？"之问答曰："弟子业诗适偶句，欲题此寺，而兴思不属。"僧请试吟上联，即吟与之。僧沉吟再三，曰："何不云'楼观沧海日，门听浙江潮？'之问愕然，讶其句遒丽，于是续终篇曰："桂子月中落，天香云外飘。扪萝登塔远，刳木取泉遥。霜薄花更发，冰清叶禾凋。待入天台路，看余渡石桥。"明日再访老僧，则不复见矣。寺僧有知者曰：此骆宾王也。又曰：当敬业败（徐敬业，曾起兵讨武后），与宾王俱逃，捕之不获，将帅虑得不测之罪，戮二死人首级以献功。以后虽明知二人未死，亦不敢再捕。故敬业得为衡山僧，年九十余卒；宾王亦落发，遍游名山，至灵隐周年后卒。

"嘲戏"题下第二则曰：国初，长孙太尉（太宗文德皇后之兄）见欧阳率更（欧阳询）姿形幺陋，为诗嘲之曰："耸膊成山字，埋肩畏出头。谁言麟阁上，画此一猕猴。"询亦酬之曰："索头连背暖，漫裆畏肚寒。秪缘心混混，所以面团团。"太宗闻而笑曰："询此词非嘲皇后耶？"

第三则曰：武则天朝，左司郎中张元一滑稽善谑，才思敏捷。时西戎犯边，则天欲使诸武氏立功封爵，命武懿宗统兵以御之。寇尚未入塞，懿宗即畏懦而遁。懿宗形貌短陋，元一为诗嘲之曰："长弓短度箭，蜀马临高蹁。去贼七百里，隈墙独自战。忽然逢着贼，骑猪向南撺"。则天闻之，初未悟，曰："懿宗无马耶，何故骑猪？"元一解之曰："骑猪者是夹豕（屎）走也"。则天乃大笑。懿宗怒曰："元一夙构（事先作好的），欲辱臣"。则天命即时赋诗，懿宗出"莽"（草木茂盛）字，元一立嘲曰："裹头极草草，掠鬓不莽莽。未见桃花面皮，先作杏子眼孔。"则天大欢，故懿宗不能得逞。

第六则曰：唐中宗朝，御史大夫裴谈崇奉释氏，妻悍妒，谈畏之如严君。曾语人曰妻有可畏者三：少妙之时，视之如生菩萨；及男女满前，视之如九子魔母；及五十六十薄施脂粉，或黑或青，视之如鸠般荼（菩萨、九子魔母、鸠般荼皆释教中人物）。其时韦庶人颇袭武氏之风，中宗渐畏之。一日内宴，有优人唱回波词曰："回波尔时栲栳，怕妇也是大好。外边祇有裴谈，内里无过李老。"韦后意色自得，以束帛赐优人。

唐代教坊的优伶，专以打诨、取笑为事，这也算是一例。唐诗有一些在当时还是能唱的，比如五七言绝句，这六字的所谓"回波词"，应是教坊中曲，大约为中宗时流行的商调。书中"嘲戏"题下第五则，引沈佺期所作"回波词"一首，体制与此正相同，词曰："回波尔时佺期，流向岭外生归，身名已蒙齿禄，袍笏未復牙绯。"

此书所叙的人情风俗，使人耳目一新，此外的印象，是其叙事的平允和富有同情之心，所述四十余则本事，即上涉皇室大臣，亦能以平常的态度予以描绘。大概那时社会风气清朗，为文自不必奴颜卑色也。

《本事诗》的版本，流传下来的有三种，皆为明代刻本，为顾元庆《顾氏文房小说》本、吴琯《古今逸史》本、毛晋《津逮秘书》本。抚印最为清雅的当属《津逮秘书》本，此为崇祯时毛晋所刻的一部丛书，共收书 147 种，皆为当年流传稀少的书，《本事诗》为其中的一种。毛氏所刻的书，称为汲古阁刻本，多数以自制的毛边纸印，字体也很特别，笔者所藏的即是此原刻本，且为孔府所散出者。因首页有印曰："素王孙传铳书画珍藏",所谓"素王"即是孔子了。这书买时原与《周氏冥通记》合订,于是拆开单订一册,书衣及订线则还用原来旧的,以保持其古色盎然的原样。

注:文中所引的诗及字,有个别与今日流行的版本有所不同,皆保持原文不做改动。

2016 年 6 月 28 日　清河

关于良弼的事

《天荒地老录》是廉南湖（廉泉 1868—1931 年）为纪念良弼（1877—1912 年）所辑的一册小书，为线装巾箱本，铅字聚珍版印。在良弼辛亥（1911 年）十一月初二寄廉氏的最后一信中，有"弟现在仍是从前宗旨，非到天荒地老，必力持不易"的话，以表其维持清室的决绝态度，这也是书名之由来。书约编成于民国十二十三年间，所收大概为书信、事迹、碑志、诗词等，因为是来自良弼本人或其朋友故旧，故有关辛亥时良弼被刺前后的事迹，乃是很有价值的史料。

廉南湖吴芝瑛夫妇，辛亥前曾居于北京西城石板房，世称西城小万柳堂。良弼一家及廉氏表兄孙寒厓亦皆寄居于此，四人朝夕过从，遂结下深厚情谊。辛亥夏万柳夫妇和孙氏南归，良弼一直送到天津，依依难舍，至船将起锚时方惜别。而后辛亥革命爆发，良氏解禁卫军协统职，调任军咨府任军咨使，迁居西安门外红罗厂，他也是在那里被彭家珍所狙杀。

忠靖先生三十五岁遗像

良弼戎装照

关于良弼如何被狙击，书中汪兰皋《彭烈士传》有十分详细的记述，或可补传闻之简陋。彭家珍毕业于四川武备学堂，后调任奉天讲武学堂兵营队官兼教习，宣统三年（1911 年）九月，东督赵尔巽委任为天津兵站司令部副官。武昌事变，彭氏偷盗司令部军饷资助革命党，被通缉。之前资政院会议，清王公咸集，彭谋炸会议未成，以良弼为清代宗室所倚仗的新贵，遂谋划行刺良弼。彭在奉天任职时与讲武堂崇恭熟，知道崇与良弼有交情，遂先派人去奉天以崇恭名给良弼发一电，称将入都商量大计，然后着高级军官服配刀，执崇恭名刺由火车站入住金台旅馆。彭先驾马车入前门至军咨府觅良弼，复至西城红罗厂良弼寓所，时良氏未归，门房引入府中等候，等了很久，已经决意离去，出门时恰看见良弼的马车驰来，就立刻退了回去。良弼车至，门房上崇恭名刺，良弼下车却发现来人并不是崇恭，诧愕之间，炸弹已至。良弼被炸断左足，彭则当场身亡。时在辛亥腊月初八（1912 年 1 月 26 日），腊月十一，良弼亦不治殒命，年三十五。

良弼的死，时亦有袁世凯阴谋之说，如柯劭忞撰《良公祠碑》曰："宣统三年冬十二月，有何人狙炸禁卫军协统良公于私第，伤左股，招医视之，医言可疗。越三日，主使贼公者闻公渐愈，则大戒，必欲致公于死。未几医以酒一甄进曰，饮此可补气血，公饮之而卒。"这里的所谓"何人"乃阴指袁世凯，因说良弼反对清廷启用袁世凯，世凯深恨之。然而这种英雄被收买的医生所毒杀的故事，可谓历久弥新，实在令人难以相信。又有良弼临死引彭氏为知己的说法，流传很广，此说源自良的室记康某，说良氏临死时语人曰："炸吾者英雄也，知吾在则清室不亡，乃以身殉我，虽死我固我知己也。"听上去也很像是小说家粉饰之词。

书中收侯毅撰《忠靖先生轶事》，记良氏阻止杀戮的事，大意是说：民军起义时，传闻有偏激将领在光复的城市刑杀满人，清廷即有人主张尽逮京城汉人，屠戮于市，以儆戒南军。其时满人多愤怒，廷议以为可行。良弼即率禁卫军一协至军咨府，见军咨府大臣载涛，痛陈其中利害，谓如此势必激发全国之变，不仅自速灭亡，而且宗族难保。要求立时上奏朝廷，并于府外待报曰"议果必行，某请先倒戈，不愿与

影之祠建議提人上悦純與泉廉

（也湖小子公廉者立侍）

廉泉（左）和潭柘寺純悦上人

庸竖同遭奇祸也"等语，摄政王等遂罢是议。如此可见良弼的确是有见识，虽然也还是从清室一方面考虑为多，但总之是避免了种族间的惨剧，若非如此，后来清室能否受优待逊位，实在是很难说的事。

良弼毕业于日本陆军士官学校，为清代宗室第一流人才，现在把他说成是顽固派，其实是有意为之。在当时的情形之下，良弼主张君主立宪，他主持的"宗社党"正式就叫作"君主立宪维持会"，所以说良弼保皇有之，说他顽固维护专制则未见得。但良弼也有自欺可笑的一面，如其八月十一日致廉泉书中曰（书中所收良弼书札皆为辛亥年）："近日有二佳事足告左右者，一，闰六月二十八日大雨如注，演习行军及幕营事，涛邸（载涛）雨中相从，至夜三鼓，雨益甚，仍来马劳军，俟各兵食事具就寝后始归。国家数十年，不惟亲贵，即大老先生，未闻有匹马戎衣，淋漓雨中与士卒同甘苦者。一，本月初十日，监国行至北池子左近，有已惊马车一辆，迎面不意飞奔而至，伤巡警及游缉队数人，禁军环护至未惊王驾，然弟得报告转告涛邸，邸赴北府慰问，而监国决口未提此事，其镇定大度有非常人所能及者。近年来天灾人祸深切杞忧，使大老先生稍分其爱身爱家之心，移之于国，则时事犹有可为。"由这样的无聊琐事，得出时事犹有可为的看法，实与专制体制下擅长歌功颂德的庸俗官僚相同。

良弼家境不富，其妻辛亥正月时死于白喉，廉泉约他全家居住在自己石板房私宅中，后来身死，其岳母及三个女儿由廉泉夫妇接济。民国成立，吴芝瑛不得已，以长女良尉男（时年六岁）名义，上书陆军总长段祺瑞请求抚恤。良弼死后葬于安定门外乾杨树，那个地方大约有宗室的墓地，据说良家连丧葬费都付不起，宗室中与之关系密切的如载涛等也畏缩不前，最后还是袁世凯拿出千元把他安葬了。

称良弼为"忠靖先生"乃是私谥，由廉泉、吴稚晖、纽

堂　祠　生　先　靖　忠

翊教寺良公祠旧影

永健、孙寒厓等发起。因为民国并没有所谓谥法，而已退位
的清室也不愿生事，所以只好援"乡党私谥三代已然，至今
不废"的例，在报上发《忠靖先生私谥公启》，公启曰谥良弼
忠靖先生，取忠者危身奉上，险不辞难，靖者柔德安众之意。
民国十二年（1923年），廉南湖北来，为良弼建纪念祠于西
城翊教寺，由吴稚晖题匾额"良公祠"。最初的建祠，是打算
在红罗厂良弼的故寓，但那时其家已迁天津，户主要价过巨，
没有谈成。后来商之潭柘寺纯悦方丈，将其下院翊教寺东院
寺屋三十余间，辟为建祠之地，祠始建成。

　　建祠的资金是廉泉从朋好间募集来的，一部分用于建祠，
一部分用来接济良弼的遗孤。祠中收有良氏仅有的遗物，为

他在留学日本时收集的十柄剑器，以及被炸时的血衣。因为廉泉的关系，请到众多的名流为良祠题诗作画，包括肇建民国的诸位领袖，时为大总统的黎元洪亦为写匾额和楹联。在廉泉写信请求的人中，唯有孙中山拒绝了他，书中亦收《孙文复廉泉书》，现录于后，书曰：

南湖先生大鉴，来函藉悉。独以宏愿为良弼建祠，笃念故人，足徵深厚，惟以题楹相委，未敢安承。在昔帝王颠倒英雄，常以表一姓之忠为便私图之计，今则所争者为人权，所战者为公理，人权既贵，则人权之敌应排，公理既明，则公理之仇难恕。在先生情深故旧，不妨麦饭之思，而在文分昧生平，岂敢雌黄之恣，况今帝毒未清，人心待正，未收轒政之骨，先表武庚之顽，则亦虑惶惑易生，是非滋乱也。……此覆，藉询时绥，孙文。

可谓义正而词严。

笔者原来是不很有兴致探幽访古的人，这次是因为有些好奇，遂将几个地方寻访一过。手里有一册 1940 年版《袖珍北京分区详图》（北京亚洲舆地学社出版），去古亦仅二三十年，按图去看万柳夫妇与良弼所居的石板房，是在西皇城里，沿城根南北向的一块地，即是现在西单商场后面的灵境胡同和西皇城根南街交汇的东面地方。如今石板房地名亦已无存，至于当年的"西城小万柳堂"，自然是湮没无迹了。

良弼被炸是在其红罗厂寓所，地在西四，其地原有大红罗厂和小红罗厂。大红罗厂为东西向的街，西口在西四北大街，对着报子胡同，往东至西皇城根止；小红罗厂是西皇城根下的一条死胡同。良弼致廉泉书中，曾说其红罗厂寓在"西安门外皇城根路东"，那么就应该是在大红罗厂街的尽东头，皇城之外。现在皇城的城墙是早没有了，其遗迹即是西皇城根南北街。虽然大红罗厂街还在老地方，但也只有街北的半面老房没拆，至原来街中的大拐棒胡同而止。没拆的原因是那里还有一家不知住着何人的红漆大门老宅院，但这并不是良家的故居是无疑的。

最后我去看翊教寺的良公祠，按照那张老

翊教寺胡同遗迹普安寺山门（现在）

忠 靖 先 生 之 墓

乾杨树良弼坟旧影

地图，翊教寺胡同在新街口西南，拣果厂和祖家街之间，为东西向胡同，西至端王府夹道，东口在北沟沿，沟对过为后车胡同。北沟沿原是南北很长的一条河槽，旧称西城河槽，现在为赵登禹路。拣果厂今已改称金果胡同；祖家街改名为富国街，因为在街口见到明将祖大寿的故居，所以知道富国街就是原来的祖家街。在赵登禹路东，我还找到了后车胡同，已是藏在育德胡同（原来的石碑胡同）里面的一条死胡同。根据这些地标，参照老地图上的位置，可以肯定地知道翊教寺胡同已经拆毁，为平安里西大街之大马路了。

然而在大马路西还幸好留有一点遗迹，那里尚有个地方叫育教胡同（大约取翊教的谐音），说是胡同其实进深只有五十米，实为原来翊教寺胡同往右拐的一条岔路，其尽头是一座庙宇叫普安寺。寺已沦为居民杂居之所，但屋宇犹存，也还有几株老树在黄昏中婆娑，所以这遗留的短胡同只是原来进庙的路而已。在庙后的金果胡同，几位老人皆指这庙即为翊教寺，并说其东原还有大片庙宇，被占作铁工厂，于2000年左右拆除。我问普安寺的事，几位老人则表示从未听说过，但庙门口由西城区文化委员会贴的铁牌写的明明白白是普安寺呀，也许是说不定恢复了更古的名字？回家查陈宗蕃《燕都丛考》，其中说翊教寺相传建于宋元，明代重修——然而普安寺也是有的，在其西，建于明初。我想是因为两寺紧邻，而翊教寺更有名，老居民不察，遂将两寺混为一谈，今知这座古刹连同其东院的良公祠，已经荡然无存。廉泉《两重虚斋百咏》有咏良公祠诗，题曰：《良忠靖祠海棠二株，四五十年物也，一夜大风雨，落红满地，怆然有作》，其诗云："寥寥大化绝疏亲，坐断千差不染尘，临涧自怜禅影瘦，可堪重减眼前春。"为见景思念之作，可堪回首。

　　良弼的坟在安定门外乾杨树，就是现今四环路北苑附近，而乾杨树现已写作"干杨树"。那个地方我没去看，知已辟为居民区，满目皆是水泥楼房，良弼的坟想必也早已平掉了吧。

2017 年 11 月 23 日　清河

申江旧闻抄

　　虽然一直住在北京，自认是北京人，但母亲是上海人，我也生在上海。我出生后是由上海小舅舅家舅母带，后来舅母故去了，又由祖母把我接到浙江的兰溪，我在那里长到五岁，这才到北京的。上海我没去过几次，由母亲领着去只有一次，那时年尚幼，见过谁并不记得，只模糊地记得跟她在外滩玩过。九岁时我寄居苏州叔父家，寒假时由上海的表哥把我接过去，就在那里度过了假期。

　　我有两位舅舅，表兄妹有九人。大舅舅是"右派"，那时已被抓进牢里；小舅舅据说是以"右派"管制，还能工作，因而两家的儿女都由他照看。两家隔着一条马路，晚饭的时候，是十几人在一个很长的桌子上一起吃，灯光昏暗但温暖，那样的场景至今留在记忆里。小舅舅曾带着我一个人去吃饭馆，是在一个胡同里，吃上海最有名的小笼包（馅是甜的），此外是羊杂碎还是牛杂碎——这两样我当年都不吃。

最近去是在二十年前，已经物是人非。老房子没了，更别说后院的柿树，大家都住在楼房里。两位舅舅皆已下世，舅母的坟被平了，表哥中也病故了两位，而长起来的下一代，也难以分清谁是谁家的孩子。

有关上海的旧书，虽然我没有特别收集，但有时候看见喜欢的买回家，也收藏了一些，其中有两册是最喜欢的。其一是《申江胜景图》，这是一部画册，1884年（光绪十年）出版，所绘是当年上海风景民俗，计有六十余图。这是最早的上海图册，因为那时还没有照相版的图册出现，所以是手绘石印的。绘图者为海上名家吴友如，以画"新闻纸"出名。此图册近年有翻印本，用厚宣纸印，与原本比较，印得很不好。

其二为畹香留梦室所著《旧上海》，此书即《淞南梦影录》，原出版于光绪初年，

《旧上海》书影［民国三年（1914年）初版］

线装小本四卷。此本为民国三年（1914年）重排，不分卷，栏格大字，三十二开洋面装。原书排序凌乱，分为四卷也毫无道理，今本的编排则较为合理，但不知为何删去了原书的序。畹香留梦室本名黄式权（协埙）（1851—1924年），江苏南汇人，前清廪生，1894年至1904年间为《申报》总主笔。

这本书与稍早葛元煦所著《沪游杂记》有所不同，《沪游杂记》是《都门记略》的写法，记事简略，为史书中表志的风格。而这书主要记风土，所叙十分详备，虽然文人的情调不免稍多。看这种时人所写的书，好处是具有正常的认识，当然其中的趣味也是不言而喻，如果写得有趣的话。如其记上海的车马沿革：

上海之有车，始于同治初年（约1862年）。初惟江北人推独轮小车，沿途揽载货物，兼可坐人。嗣于辛未（1871年）壬申（1872年）间，有英人某，购东洋车数十乘，在租界中载客往来，而江北车遂无人肯坐矣。马车者，始为欧洲巨贾得以用之，中人之可以赁以游行者，迄今不及十数稔（年）。从前尚有脚踏车（原书按："脚踏车系铁制独轮"），虽行路如飞，而沙平草软，尚虞倾跌，一遇瓦砾在途则不能行走矣，因不便其制，遂废。嗟乎，既一车也，而一刹那间，已屡经更易，我不知大于车者更复何如也。回首沧桑，曷其有极。

又有：

沪地西南隅地近荒僻，多野桃花，暮春时节，乱红如雨，新绿成烟，时有小家碧玉约伴踏青，折花临水，衣香鬓影，掩映生姿，周昉画图中亦无此妍丽。

上海开放为商埠约在1843年，五口通商以后洋人踵至。书中有钱塘袁翔甫写成《洋场感事诗》数首，现在录其一首，以见当年洋人面目，诗曰："云鬟新编脑后拖，时新衣服剪纱罗。倾瓶香水浑身洒，风送芳香扑鼻过。刺花短袜窄鞋帮，裤脚重重黑缎镶。装束双跌（脚）娇俏甚，行来绝似女儿妆。"

英租界在洋泾浜北，人烟稠密，街市喧闹，以棋盘街、四马路（福州路）、大马路（南京路）为最热闹；法租界在洋泾浜南，最热闹之处是大马路（金陵东路）；美租界在吴淞江北，系粤人和日本人住宅，其繁华远逊于英法租界。租界的行政和公益，并不是由领事管理，而是由民营组织工部局管理，工部局的董事，由西商选举。租界的各项工程和善举，费用皆来自于房捐，是按屋价的百分之八抽捐。书载咸丰初年，有英国人在吴淞江上建大桥，凡过桥者付铜钱二枚，

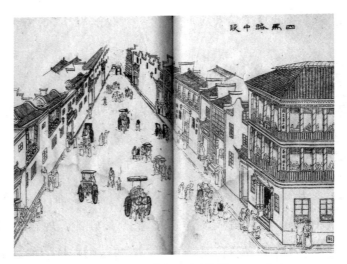

英租界四马路（《申江胜景图》1884 年）

法租界招商局码头（《申江胜景图》1884 年）

车轿加倍。此桥是由英租界至美租界必由之路，朝暮行人如织，二十年来获利无算。至同治癸酉年（1873年），工部局买归此桥，又另建三桥，过客概不收费，"从此夕阳影里，徐度虹桥，无事榆钱慨掷，而道途负载之流，大颂西董之德惠不置云"。

关于建造房屋，书中记载说："建造房屋，俱有匠头包揽。所谓匠头者，居必大厦，出必安车，俨然世家大族，而千百匠人具归其统属焉。顾其中亦各分门类：造华人屋宇者谓之'本帮'；造洋房者谓之'红帮'。判若鸿沟，不能逾越，尚以红帮而兜揽中国生意，本帮必群起攻之，反是，亦不肯相下。甚至蜂拥攒殴，视如仇敌，以致涉讼公堂，亦一恶习也。"

关于租界中规定，书中也有一条，现在抄在下面，最后的评语很能代表中国人的精神。"捕房例禁，兹特记其新添数条：一、马车不准五人同坐。二、东洋车夫不得蓬首垢面，污秽不堪。三、戏馆至一点钟不准再演。四、各署差役提牌，未经领事签名，不得在租界中拘人。五、东洋车破坏者，不准在租界中载人。六、客寓中，不得将染病将死之客，抛掷路旁。大抵西人所刻意经营者，半皆琐屑之事，至于赌馆娼寮，花烟馆、花鼓戏、拆梢打架、蚁媒毒鸨等类，广施陷阱，无恶不为，西人反不甚措意。急所可缓，缓所当急，宜其为华人所窃笑也。"

中国旧文人涉笔城市，最喜欢写青楼戏馆，如王韬所写《淞滨琐话》，大半都是此类人物。我虽阅读有限，看西方国人所写很少有这些内容，即使有也不具有中国人的态度。究其原因，外国的青楼只是出卖肉体的地方，而中国的则远不止此。王韬《东瀛艳谱》中说，日本东京的妓者分色、艺两等，艺妓妙擅歌舞，只以伺酒筵奏为事，凡门首悬红灯的都是艺妓。中国的所谓名妓，文人称之为"校书"的，似没有这样鲜明的分别。书中这类的文字也很不少，其中有关中外地方风尚各异的部分，稍有可取。

东洋茶社者，彼中之行乐地也。昔年惟三盛楼一家，远在白大桥北，近则英法二租界，几于无地不有。蓬台仙子，谪下尘寰，六寸肤圆，不加束缚，而珠衣霞举，仙袂风翻，亦觉别饶韵致。费洋蚨一二角，使之沦苦茗、调哀筝，口琖（盏）鞋杯，无所不可。近闻领事官品川君意欲禁止，煮鹤焚琴，真意中事。

西国青楼多在二洋泾桥一带，华人之能效洋语者，亦可洞入迷香。然其人大都厉齿蓬头，无异药叉变相，狮王一吼，见者寒心。独意西巴尼牙（西班牙）国人则不然，姿质明莹，肌肤细腻，纤柔温丽。其出也，障冰绡、曳雾縠，水边林下，随意游行。十丈软红中，得此名花点缀，恐广寒月殿，当亦无此风光。有诗咏之云：腰细裙宽面障纱，飞尘影里驾轻车（cha），谁怜绝域多情女，能看江南二月花。

粤东蛋妓，专接泰西冠盖者，谓之咸水妹。门外悉树木栅，西人之听歌花下者，必给资而入，华人则不得问津焉。柳怪花妖，几难入目，而每值休暇之日，虬鬓碧眼，座上常盈。琴韵呜呜，履声阁阁，即著名之琵琶庭院，花月簾枪，未必有此热闹。斯亦孽海中别开生面者。

沪北老旗昌，粤都人士之花月楼台、绮罗庭院也。青唇吹火，两足如霜，诋之者或不遗余力，然间有佳者，水眼山眉，洁白无比，惜难觅巫山重译耳。其中钗钿衣服，迥尔不同，然亦不失为大方举止。

风尘中人物，也有性格十分特别的，书载当年有一位名叫三三：

中式春院（《申江胜景图》1884 年）

日本春院（《申江胜景图》1884 年）

三三亦名珊珊，东瀛名校书也。壬午秋航海来沪渎，艳帜初张，芳名雀噪。时珊珊发才覆额，瓜字未分，蛮字侏离，伊婴可爱。三河年少之评异域花者，莫不色授魂输，缠头争掷，而三三视之漠然，独与城北公为莫逆交，暇辄焚香煮茗，相对忘言。三三性简傲，调筝度曲，不甚留心，独与文字有嗜痂之癖，屡求城北公讲解，绿窗昼静，问字车停。城北尝语予，与三三交好数年，曾未一亲芳泽，是说也予未敢信。

上海虽然一直是引领时尚的城市，但在一百多年前，也曾一度追慕北京，说起来是因为京戏传到上海的缘故。官商士庶的装束竞相模仿京式，甚至持雕翎扇，穿厚底靴。这里关于上海戏剧的兴衰更替，书中的记载也很有参考价值。

沪上优伶，向俱来自苏台。同治初年，徽人开满庭芳于南靖远街，都人士簪裙毕集，几如群蚁附膻，而吴下旧伶，渐若晨星落落矣。嗣后京戏甚行，燕台雏凤，誉满春江，而徽班遂无人问鼎。现如宝善街之金桂园，六马路之宜春园、天仙园，四马路之满春园，俱推此中巨擘。上灯时候，车马纷来，鬓影衣香，丁歌甲舞，如入众香国里，令人目不暇赏。迨至铜龙将尽，玉兔渐低，而青楼之姗姗来迟者，犹复兰麝

戏园情景（《申江胜景图》1884年）

烟迷，绮罗云集，诚不夜之芳城，销金之巨窟也。此外又有山西班、绍兴班、广东班，时开时歇，论者等诸自桧以下。

京师梨园子弟，年长色衰，门前冷落，不得已束装至津门。徐娘老去，重整笙歌，虽莲出污泥，至此终不能洁身自好矣，俗语谓之"下天津"，彼中人则深以为耻。自沪上京戏盛行，而优伶之失业者，皆航海南来。近年如陆小芬、真十三旦之类，大抵马齿既增，蛾眉已改，而沪人士之厌故喜新者，犹复誉不绝口，霓裳一曲，掷缠头者纷如雨下，是岂别有动人之处欤？何俗子之喜食蛤蜊也。

上海开埠至今，已逾一百七十年，就是在著书者当年，也有很多已经湮没的事，现再抄一两件，以见得世事变换，风景不能永驻。上海以前土俗有上中下三元节，当节日时：

邑神出会赈孤，遍行城厢内外。是役也，旗帜之鲜明，执事之整肃，固不待言，而小家碧玉，狭巷娇娃，艳服靓妆，银铛枷锁，坐无顶小轿，游行其间，谓之"女犯"。即可媚神，亦能炫客，诚一举而两得。经前邑尊叶顾之观察，出示严禁，此风遂绝。

上海的城隍神，相传是元代邑人秦裕伯，屡显灵迹保障生民，其殿前四个石皂隶——很神奇的是，传说由海上浮来。这种节日中抬神游行、民众共欢的风俗，其含义和背景往往也很有意思，似乎外国常有，而中国几无。现在可知中国不是没有，多半是被色厉内荏的官员，假淳风俗之名禁掉了。

"灯戏"的消失也是很奇特的。

灯戏之制，始于同治初年，先惟昆腔戏园，偶一演之，后各园相继争仿。红毡乍展，光分月殿之辉；紫玉横吹，新试霓裳之曲。每演一戏，蜡炬费至千余条，古称火树银花，当亦无此绮丽。先期园主人遍洒戏单，招人观赏，至是轻貂怒马，蚁拥蜂喧，直至银蟾彩匿，珠凤烟消，始唱陌上花开之句，诚菊部之大观，城厢之盛事也。先是吴中某绅士，以村明经所谱劝善乐府，禀请监司颁发各梨园，每夜必登场试演，嗣后观者寥寥，近则已如广陵散矣。

书中有"乐善堂"刻书的记载，我看了觉得十分亲切。乐善堂是日本人岸君吟香（今研究其人为间谍）的药铺名，设于四马路口。其人喜藏书，乃至自己刻书，他刻的铜版袖珍书极为精致。乐善堂的书我见过，手掌大小，蓝湖绸包角，外置锦函，是点石斋、同文书局的石印巾箱本所不能比的。二十几年前在海淀书市有两部，其中一部宋代王应麟《困学记闻》，我曾请中国书店萧经理留下，可因为耽搁的时间过久，遂归之他人。如今想来，如能得到这部书，我也算是留下了旧上海的一点纪念。最后再摘抄一节竹枝词，其文曰：

> 避兵忆我春江走，曩日春江犹朴厚。
> 一自红羊浩劫过，春江变作繁华薮。
> 胜地从前数北邙，每闻父老话沧桑。
> 即今马水车龙地，曾是青磷白骨场。

帆墙浦内如林立，番舶舳舻蜂蚁集。

曾历蛟宫蜃窟来，烟波渺渺重洋涉。

金碧辉煌比五都，楼台鳞次接云衢。

木难火齐来荒域，异兽奇禽至远途。

漫天密布纵横线，不藉飞鸿藉流电。

弹指能传万里书，关山虽阻如谋面。

试马芳郊聚一隅，衣香鬓影遍平芜。

银纱障面西方美，锦鞯翻泥碧眼胡。

六街处处平如砥，马健车轻行若驶。

夹道浓荫映绿纱，香尘滚滚纷罗绮。

绣幕珠帘尽上钩，花枝娇娜柳枝柔。

剧怜堕溷飘茵者，只解欢娱不解愁。

情天欲海朝还暮，怜侬一曲劳君顾。

繁星万点彻宵明，到此混如不夜城。

2018 年 9 月 3 日　清河

散了的宴席

一

在哈尔滨读工程大学的那几年，我对城里的各书店了如指掌。虽然新华书店都一个样，但我依然每家都去。我还熟悉所有的租书铺，当没了钱，实在走投无路时，就把一些书卖到那里去，弄到钱再去买新的。在道外的一家租书铺，有一次老板娘指着《黄金果的土地》对我说："我家不要这种书，看你常来，这次就算了。"意思是下次不能再搞事了。那时主要是买新书读，还没有兴趣买旧书。哈尔滨也有一家旧书店，是那时唯一开架的书店，我虽然也常去白看，但似乎一本书也没买过。

后来穿梭于北京各旧书店，以为凡是有旧书的地方无不知晓。因为这些书店跑得太勤，没有新鲜感了，我有时就想起少年青年时曾涉足，模糊记得而现在已没有了的书店，比如"东风市场"的，也会想起哈尔滨的旧书店，懊恼怎么当年没仔细看看。但有好几年，我一直不知道中国书店还有个专门卖旧期刊的门市部。这店在六里桥南的中华书局附近，离我岳母家仅有一箭之遥。我是偶然看报纸才知道有这家书店的，按报纸指的路线找了半天，原来是设在居民区的一所旧人防工事里：地上的部分是店面，地下的工事是书库。设在这里的书店，是根本就不打算卖什么东西吧。

第一次去买了一册杂志的零本，二十世纪三十年代左翼的，名为《跳跃》，皆为无名作者。这是本六十四开小毛边本，很少见，买这本杂志是因为店面上没别的可买。店员见我买了这一册，就忽然又拿出许多来，让我坐在桌前慢慢翻拣。但我那时喜欢买书，不喜欢买杂志，也还没受到某人的蛊惑，自然是外行。那些杂志我逐一翻了一遍，都是什么，现在一本也记不住了，总之是没买。

不久店里办展销会。展销会在地下工事的一间屋里，来的人不多，大概就十来个人的样子。中间的玻璃柜台里展示的都是店中认为珍贵的创刊号；三面的书架上有成套和零本的杂志，也有些旧书。我主要是来买书的。展卖的旧书大多是《珍本文学丛书》的零种，其他就没什么了。我只好去翻杂志，却在零本中翻出一件很有名的东西，乃是《新青年》的创刊号。但这一册品相很差：纸质焦黄，封面佚失，只剩下前一半。然而这册没有标价，问店员也拿不定主意，于是拿到另一间屋去问老师傅。老师傅是认得的，卖价一百五十块。

我勉强买了这么贵的半本破书，买了以后又发现还是再版的，实在不大高兴。听店里说在琉璃厂莱熏阁的楼上还开了一个柜台，今天也在展卖，我就去了琉璃厂。在莱熏阁还算不错，我买到《中国新诗》五册全份，《文帖》五册全份。我买这两套杂志是因为都是小本薄册的合订本，订在一起如同两册精装本书。

但最应该买的我却没有买，乃是花也怜侬所编《海上奇书》。这是韩子云个人的杂志，登在上面的文章都是他自己写的——《海上花列传》最早也是在这里连载。这套杂志出版于清末，为三十二开线装铅印本，封面红色本纸，内页白粉连纸，《海上花列传》每回配一幅精致的石印插图。当时我见到有三四册，五十元一册，因为觉得不是全套（旧书店得来的观念：残本价值低），没舍得买，以后就再没机会碰见了。那时我眼光不佳，反而对珍罕的东西每每弃置之。

二

期刊门市部后来搬到西单商场后面的横二条，我们习惯称为"横二条店"。我觉得横二条店是所有中国书店中最有魅力的，因为经常会有罕见的东西，而这些东西在其他店则大概不会出现。在六里桥地下工事时，我曾见到很多房间里有堆积如山的成捆的杂志，上面布满灰尘，好像从来没被拆开过，据说都是来自二十世纪五十年代公私合营时的私人书铺，这大概就是这里常有珍罕书物的原因吧。

横二条店除了进门以后的店面外，后面还有两个套间：其一是卖外文旧书的；其二是店里的后堂，其实这里也卖书，只是不熟的客人不让进而已。我在那里曾见到几十册《九尾龟》，洋装本十八开，因为初版本是点石斋清末在日本印的，封面装饰为花草和日本风格的汉字。其中有初版本和后来的中国印本，我从中挑出十一册书品好的初版本（全套是十二册）——初版和再版的区别是初版本用日本纸印，而再版本是普通报纸印。这部书的初版是随印随出，而不是一次出齐，所以能一次找到十一册初版可以说是奇迹了。但最终我还是没买成，因为每当有五百元的时候又买其他书花掉了，直至这套书没了踪影。

晚清著名的小说杂志《绣像小说》，洋纸封面线装本，全套七十二册，有石印绣像插图。民国时的藏书家周越然，曾在文章中特别提到他有全套的这份杂志，表示是难得之物。这里还有不少零本，大概有几十册，但因为封面是用洋纸印的，纸太脆，品相好的不多，只买了一册留存。早期的戏剧杂志《春柳》的零本这里也有，为四十八开小本，每期的封面是不同的脸谱。展销时我花二十元买了品相特好的一册，后来与线装的一册梅兰芳演《天女散花》的纪念册，以及一本尚小云的画册，和上海的书友换了复社版《西行漫记》的精装初版本。

在这里我还曾见到一册《申报》的订本，是将报纸裁开订成十六开的本子，都是初期的。我清楚记得有第二号，因为翻找第一号却没有。六百元，我嫌裁开了，竟然没有买。《上海漫画》合订八开很厚的一大本，一千元，也因为没钱的缘故被我放弃了。

那时这里每年办一次展销，展销期间会有许多珍罕杂志露面。记得最惊人的是某一年，展销拿出了大量的杂志创刊号。对于杂志，我唯一见到就想买的，是清末石印画报，这是我的收集专题。但这种东西太稀少了，很难买到，我在这里买到的有如下几种：《新世界画册》、《时事画报》（广东）、

《公民画报》、《开通画报》、《启蒙画报》。最让我高兴的是还买到了《飞影阁画报》的创刊号，因为据《全国期刊联合目录》的记录，只有辽宁图书馆藏有一册。

有时店里也忽然有好版本的旧书。一次有一册苏曼殊在日本印的《英汉三昧集》，精装初版本。曼殊早期单行著作的初版极为罕见，我平生仅见过这唯一的一种。但我当时没有五百元，蹉跎了一些时日。某日和家人一起逛西单，去商场嫌我碍事，说："自己去书店等着吧，完事了给你打电话。"我赶紧去看那本书时，柜台里竟然空空如也，问店员说是刚卖了。后来过了好些年，一位相识的网店店主从海淀旧书店又弄到一册，以三千元转卖给了我，我这才释然了。

三

横二条店的店面摆着很多成套的旧杂志，都是装订好的，价格贵得要死。里面一间是东西洋旧籍，卖给我残本《新青年》的老师傅就在这间办事。门口还有个侧门，进去就是我们称为"里边"的地方，这里不能随便进，经过允许才行。里面也是四壁书架；中间一张大桌子，是店里用来整理书的。架上有线装书、旧书、报纸和杂志，零本很多，这里的书平

· 243 ·

常是不拿到店面卖的。马鸣武经理主店时我和几位朋友因为是常客，可以随便出入。比如一进门就很自然地进去了，不用打招呼，至于买不买书经理也从来不问，有时还抱怨书价定得太高，他亦听之任之。

马经理不懂版本，杂志和旧书也是两眼一抹黑，但却是很有趣的人。记得创刊号展销那次我在布展时去的，就是还没有正式开始，店里见是熟人就放进去了。柜台后的书架上摆满创刊号，一般的创刊号价格定在一百元一册。其中很显眼的，我立刻就看见有一册的封面是卡耐基的像——又碰见了《新青年》的第一期。这册是完整本，初版，书品还特别好，但又是唯一没标售价的一本，让我想起当年在六里桥老店时的不堪遭遇。这次我决定找马经理定价，希望他不会去问老师傅。幸运的是老师傅似乎不在，马经理沉吟片刻，开价一百二。过了一阵子，我见店里又拿出来一册，放在柜台里面，品相不佳，售价为五千元。

还有一次，在店里转了很久，没见什么值得买的，我在后边架上找到一套四册的线装铅排本：是光绪时人编的艳词选集，排版疏朗，书品也好，保留着原配的夹板，价钱是二百元。这种书内容没什么意思，原本是印来玩的，只能在很久没买到书的情况下，勉强买来以作为精神上的安慰。我去交款时恰好马经理在侧，他翻来覆去看了一回，忽然说："这是最早的铅印本！"他之所以这样说，是担心被捞便宜的意思。但据我所知，英国传教士在马六甲铸首套汉文铅字，印刷了一部字典，约在道光年间，而这是光绪年的。我向他保证这不是最早的铅印本，马经理虽然满腹狐疑，最后还是让我拿走了那书。不过的确这书的铅字比较特别，马经理也不是毫无眼光。

店里曾经允许我赊账，这是在其他店从来没有过的事。《南金》杂志是由姚君素和傅芸子编辑的，在其中写文章的皆是京津两地的旧文人，很能表现名士们的趣味，内容大多是戏剧、考据、古董、诗词字画、闺秀和名妓照片等等，三十二开道林纸印，每期刊名由不同的名人题写，共十期，印得十分讲究。店里有的，例为合订成一册的"绿王八壳本"（我们给中国书店的糟糕装订起的诨名），但是有一回出现一套私人藏本。该本是民国时装订的，棕色胶皮面，模样精致，订为上下两册，售价一千六百元。我从架上拿下来放在柜台上看，每一期的品相都很好，准备放回去的时候马经理说："你先拿着吧，什么时候有钱了再给。"这的确让我很吃惊。

钱单士厘出身名门，清朝驻英国公使钱恂的夫人，钱恂是北大名教授钱玄同的兄长。单士厘曾将在英国的见闻写成一本书，出版于清末，这书曾由著名出版人钟叔河编入《走向世界丛书》。她是那个年代了不起的女人。民国时她又写了一部《清闺秀艺文志》，记录清代世家女子的诗文及事迹。所记的人物都是她认识或耳闻的，自然比那些靠抄资料编纂的同类书有趣味。书稿在她兄弟单不庵主持的刊物陆续揭载一部分，预备印成单行本时，单不庵却病故了，出书的计划于是搁浅。后来她请人手抄了几部，送给图书馆，以免这些事迹被湮没。

店中有一册《清闺秀艺文志》的续编，是没发表过的单士厘的手稿本，线装一册，纸是特制的绿格稿纸，书口印"清闺秀艺文志稿"，书名由傅增湘亲笔题。书尾有跋，落款云："钱单士厘时年八十四岁。"这书也是赊来的，我前后一共就赊过两部书。

在店里的一次展销会，马经理独自坐在桌子后面，桌上有些零本。我在他身边坐下，随手在其中翻看，见到一册三十二开的线装铅排本，不知为什么最不喜欢这种小本了。书名忘记了，在封面和里页有很多手迹，明显是钱玄同的，首页还有"疑古"和"钱夏"两方印章。"一百块。"马先生说。我告诉他这是钱玄同的笔迹，他迅速地收进抽屉里。如果是一册木刻本，我就会不动声色地付钱买走了吧。

四

　　马经理退下来不做经理了，过了一年的光景退休了，有意思的时日便也结束。新任经理是原来的店员中的一位，我自己以为是最讨厌的。当店员时总黑着脸，为人十分粗鄙无礼。果然时间不长，在那间我们常进去的屋子门口，竖起一块牌子，上书"闲人免进"。我问他能不能进去看看，则粗鲁地回答说："进不了！"仿佛有一种报仇似的快意。

　　其实也并不是所有人都不能进，据闻有几位摆摊的书商是可以悄然进去的，而且跟他打得火热。店员们也都怕他的样子，有时看他不在，问相熟的店员可以进去吗？往往回说："那人特意说过不让进。"或者说，"快点出来，他一会儿就回来。"这样一两次，让店员为难，哪里还能安心看书呢，以后我就再也不要求进去了。

　　店面靠东墙的架上，以及北墙的一部分，原来摆满装订成册的老杂志，不知什么时候撤没了，只剩下几套影印的。柜台里的零本杂志也有限，多数是画册杂书和版本很差的线装书。门口的一块地方专门卖老版连环画的复制品，其他书架上都是二手书。卖外文书的屋子后来也不让进去了，屋里的老师傅已退休，那块"闲人免进"的牌子搬到门口，封住了两道门。原本还能常去翻翻外文书，那也十分有趣，我在那里曾找到过萧伯纳的初版剧本和限定版彩色贴图的《阿拉丁》，以及老版的《伊利亚随笔》。

我和几位朋友越来越少去店里，我有时候打电话问，回答都是："好些日子没去了，去干嘛呢。"每年的杂志展销会继续办了几届，然后停办了。展销的品种越来越少，来的人中大部分是书贩，不像以前有那么多闻风赶来的买书者。最末的那次展销，一般的零本杂志卖到一百多元一册，稍好一些的卖到数百元，大多看看我就放下了。中午在附近的馆子里几位老友相聚，各出所获，大多是报纸。

以后朋友中大概只有我偶尔还去店里。记得有个傍晚我在附近办完事，匆匆来店里看书，店中灯火通明，在南墙的书架上找到一册初版的《汉园集》——这是郑振铎二十世纪三十年代在商务编的《文学丛书》中的一种，绿布面的小精装本。此套丛书中最喜欢的就是这一册，乃是卞之琳、李广田、何其芳诗的合集。其实这本书我已经有了，但眼前的这一册很干净，价钱也合理，决定还是买下它。这是最后一次在这店里的开心一刻。

去年我在长沙滞居一年，回京后再次去横二条，发现店门锁住了。我看旁边的"中国书店报刊门市部"的白招牌还在，就跟楼里的保安打听，保安告诉说门在楼梯间。在楼梯间的角落里看见一个只能过一人的铁门，我试着敲门，开门的果然是认识的店员。寒暄几句后入至店内，难以置信的是那间宽敞的店没有了，变成大约十平方米的局促斗室，挤着几个书架。如果能在架上看到几套熟悉的老杂志，也许还能认出是原来的店，但只有乏味的二手书。听店员说店面去年租出去了，就留下这一小块，店里只剩他和另外一个人。

"那以后买杂志去哪儿呢？"我问。

"网上，我们有网店。"

我满怀着怅惘离开，晚上进网店翻看。网店早就有，几页像账本似的目录，每条下标着离谱的价格，没有图片。我以为会有变化，翻看之下还是老样子。我进出二十年的横二条书店，就这样跟你告别了吧。

2016 年 4 月 8 日　清河

修书二三事

　　买旧书这种事，除了研究学问以外，似乎意思不大，说起来也就是读好文章，或者还能缅怀往日的繁华。若是至于鉴赏装帧，讲究纸张书品，就只好说是下乔木而入幽谷。然而人生如此，总要于干涸的生活中找到一点寄托，如同我们也需要音乐和艺术。昔日我读过知堂先生《北京的茶食》，他说茶食虽是小道，但觉得住在古老的京城里，吃不到包含历史的精炼的或颓废的点心是一个很大的缺陷："我们于日用必需的东西以外，必须还有一点无用的游戏与享乐，生活才觉得有意思。我们看夕阳，看秋河，看花，听雨，闻香，喝不求解渴的酒，吃不求饱的点心，都是生活上必要的——虽然是无用的装点，而且是愈精炼愈好。"对于迷恋的人而言，买一册旧书置于书橱之中，当然最好还是整齐干净的，也是如此而已。

旧书买到手的时候，总是落满灰尘，相貌萎靡，我喜欢把它们拾掇整洁。记得最早买的两册旧书，是在海淀中国书店，一册《呐喊》、一册《而已集》，为民国原版，道林纸毛边本。虽然书品破败，但是修法简洁，家里恰好有蓝生宣纸，就用它粘贴书脊了事。

后来我又在同一家店买到一册初版的《火》，也照那样贴上书脊。再后来发现这本书其实非常难找，于是重修，这也是我耗费时光、满怀兴致修过的第一册书。《火》陆续出了三部，不是同时出版，我得的此册是第一部，为三十六开土纸本，1940年12月上海开明书店初版。《火》的后来印本书面装饰相同，为单个"火"字，但初版本是以火焰为图案，由署名ENG者所绘，极为少见。而后过了二十年，我从书商手里买到第二部，版权页上写1942年5月初版，也是三十六开土纸本。书商以为是初版本，但其实不是。《火》出书时，分别由上海开明书店和重庆开明书店印行，版权页虽然都写初版，但出版日期不同，第一部：上海版1940年12月，重庆版1941年10月；第二部：上海版1941年1月，重庆版1942年5月；第三部：上海版1945年7月，重庆版则不知道。我买到的第二部即为重庆版，封面为灰色本纸，字体与第一部相同，但火焰图没有了。第三部的初版本则至今没见过。

现代文学馆《巴金文库目录》是据巴金捐赠的藏书所编，其中有《火》三部曲的书影，乃是巴金的藏书。文字说明第一、二部为初版本，第三部为 1946 年 2 月第二版。然而看书影便知第一、二部都是重庆版，第三部则为通行的版本。《民国总书目》中所录三部书的初版年代或是正确的，但录第二部为三十二开本，则应该是错的。

民国版土纸书比较少见，尤其是有名的书。如果保存的还可以，土纸书要比机器纸书好修，因为土纸是中国旧法做的纸，虽然印出来的书字迹模糊，用来装帧也难看，但其纸不会像洋纸那样年头长了就脆裂，能恒久保持不变。这本《火》是用好土纸印的，纸厚，字迹清晰，封面和封底完整（这点很重要），但是书脊没了。修这本书的时候是把书拆了，然后每页喷水压平，再照原样装订。这样重装虽然能做得非常工整，但问题也在于太工整了，反而失去本来面目。因为土纸本的装订大多粗陋，为保持其原貌最好不要拆开重装。修理时将书角蘸水抹平，卷曲过度的可以在背面贴一点毛边纸，使其平整，然后扫去灰尘，整本书喷水压平，这样没有拆开重装的书能很好地保持旧观。土纸本的封面和封底纸都很薄，几乎和书页纸一样，如果磨损严重，可以揭下来在背面用毛边纸裱一层。裱过的纸略厚而有韧性，很为适宜，但要用淀粉做的稀糯糊裱，用别的不行——裱出来太硬，就会很难看了。

平装书的书脊是很难办的，最好是原书还有部分书脊，稍加修补，如果一点书脊都没了，只能另做一个。做出来的书脊要照顾到整本书，看上去不显眼为佳。没有书脊的书，应该想办法买一本更好的，没必要修。这本《火》是做的书脊，因为是土纸书，所以书脊也容易处理：先在里面贴了一层毛边纸，然后裁下旧线装书的天头（因为自然旧）在外面贴一层，看着也还过得去。《火》的第二部没修过，自然是买来书品就好的旧书最好了。

二十年前我在书店曾买过一册新知书店版《鲁迅传》（王士菁著，1948年1月初版），这书的内容虽然无甚可观，但算是国内最早的一部《鲁迅传》，而且装帧讲究，为二十四开大本巨册，有插图，以朋友的话说可以"插架壮观"。此册的卖价不菲，但书已接近散架，基本是一团焦黄的乱纸。其实这书不买也是可以，但那时像样的旧书难遇，这样一册已算好的，我买的时候看了觉得还能修，封面封底和书脊大致完整，只是内页破散，不觉技痒难忍就买下了。这书封面是厚纸，有折口，内页为报纸，总之都是机器纸，比修土纸本麻烦多了。书拆散以后修书页，用温水洗，再逐页压平——用温水洗是为了改善书页的脆度。对于机器纸来说每页必须干透，然后才能叠在一起压平，不然最后书沿会成为 S 形。像这么厚的书，如果书页断角多的话，可以考虑用毛边纸补角，毛边纸虽然薄，但两面贴后坚度和韧度已足够，而且纸色微黄，和旧书的颜色接近。需要注意的是不能所有的角都补，而只能参差地补，因为补过的部分肯定厚，报纸性脆又无法捶平，补得过多的话书就没法看了，故而补完角后以整本书外观看着顺眼为宜。

接下来是处理封面封底。平装书的封面通常与扉页和书名页粘在一起，而封底与版权页粘在一起，因而要置于温水里泡开，以保证扉页和书名页是完整的。平装书最难修复的是封面缺角，如果用整纸修补，无论怎样都很寒碜，所以要以旧纸一点点补，看去像是原书角破碎又补回去是最好的效果了。封面和封底修补完后，最好在背面用毛边纸裱一遍，为何要用毛边纸裱呢？因为裱完从背面看是一整张纸，掩盖了修补的痕迹，也能使旧的书面重新挺拔。毛边纸薄，裱完很适度，不会弄成硬纸板。但是以毛边纸裱厚纸封面和裱土纸本封面不同，因为毛边纸乃是中国纸，其吸水性和机器纸不同，裱得不好封面会卷曲，难以压平。

修这本书我花了很长时间，修完以后觉得还不错，于是在书桌上放了一段时日，以备赞叹。后来我在报国寺的书摊，居然又得到一册书品完美如新的，这是绝想不到的事。买的时候老友谢其章也在场，而后我浸透无数汗水的这一册，就顺便转移至老友的书架之上了。

方纪生编《周作人先生の事》，1944年东京光风馆出版。此书谢其章兄有一册，是止庵兄送给他的。谢兄的这一册其实书品尚好，只是书脊开裂，他觉得不够完美，问我怎样修复。谢兄年轻时喜木匠活，做过一个放不平的板凳，可知他的天分，所以觉得与其教他，还不如我自己拿过来修更容易些。

修精装本的书要比修平装本容易，因为精装书一般书页都完好无损，只需拆开修理书壳就可以了。书脊开裂是没办法从外面修补的，因里面的衬纸都酥了没地方贴，即使勉强粘上也必然凹凸不平，所以只能从里面修。清理掉书脊里面的糟纸，顺着书脊的弧度贴一张牛皮纸，用胶棒把胶涂在牛皮纸上，然后把碎裂的书脊粘牢。用胶棒而不用胶水，是因为胶水的水分太多，会使旧脊缩水变形。书脊的两头破损，可以用旧纸完全补好，也可以稍微修整以保持原貌，为了有整旧如旧的效果，尽量少修补是原则。

拆书壳的时候要想办法保留完整的环衬，这样重装以后

修复前的《周作人先生の事》

修复的《周作人先生の事》

才有型。然后是整本书压平，压平是很重要的事，一本旧书无论修得怎样好，不平整将大为逊色，精装书都有这个问题。这册《周作人先生の事》为纸面软精装本，内页为道林纸，书面有些翘，喷水压平以后，接触干燥的空气就又恢复原状。这种情况的处理办法是趁书还有些潮的时候，放进塑料套中封好，过段时间应该就没问题了。

书修好以后，我们相约琉璃厂看拍卖预展时带过去。谢兄知我曾在公交上丢过书，特别发短信嘱咐别再弄丢了，但这事还是发生了，虽然是在别处。那天我因到得早，于是去路口的"馄饨侯"。这馆子自从改成连锁店以后，原来的骨头汤化为白开水，但好歹馄饨还有些原来的味，故而从前我和友人也间或光顾。店里人不多，我把书放在旁边的板凳上，要了一碗老招牌的"鲜肉馄饨"，打算享受片时。然而一尝之下，发现未知何时其馅也已堕落，也如某包子馅为滚刀肉，总之难吃之极。我虽然心中大怒，也只能腹诽而去。走至前一胡同，因胡同里有家私营书店，以前光顾过一次，我便拐进去看书，看了几架后发现两手空空如也，谢兄的书没了！

《周作人先生の事》在网店中有一册，书品很好，标价二千元，我看了几次也没舍得买。回到馆子时，见那册书还好好地躺在原处，馆中食客想是不屑于去看一册破书，盖拾金者众，拾旧书者则略少也。

我的藏书中有一册王揖唐所作《今传是楼诗话》。此书1933年天津大公报社出版，平装十八开本，道林纸印，厚四百五十余页，文字为竖排圈断。我的这册是舒芜的旧藏，其中改正了所有的错字，并杂眉批。书我虽然很喜欢，但书

《今传是楼诗话》的原貌

改装为精装本的《今传是楼诗话》之一

《今传是楼诗话》的原　　修复的书页　　《今传是楼诗话》之翻
书页　　　　　　　　　　　　　　　　开的书影

品不佳，封面和封底俱失，糊以牛皮纸，书脊粘白纸条，以圆珠笔杂书书名，是为中国书店的传统装帧。要使这样的书成为一册赏心悦目，并愿意愉快地去阅读的书，唯一的办法是改为精装本。

平装本书改装为精装本，有件事情一定要做，就是改变书页的订法。平装本书通常是用铁钉横订的，改订时要按精装本的方法从书脊穿线，这样翻书时书页才能打开。如果还是横订的话，书是无法平摊在桌上的，等于在平装本外面加个硬壳而已，不宜认为是正经的精装书。

我说一下这本书书页的情况：书角虽然有些磨损，但基本还保持锐角，只是前后各有十余页磨损较为严重，成为圆角。磨圆的书角做成精装本是很难看的，按正规的做法应该整体切去四边，但那样开本就小了，而我是个完美主义者，不喜欢毁坏书，开本的大小对我而言也很重要。再者也没有切割工具，我这样的票友性质就不用那么麻烦了。所以我选择用毛边纸补角，补过的地方肯定比别处厚，但道林纸结实，用锤子捶平就可以。书页用线订好以后，书脊做成弧形，然后涂胶贴纸，书页部分工作就已完成。

书名页有我当年买到书时曾写的字和盖的印，现在看去十分不堪，只得用纸贴上了事。自己做书壳的话选择的余地很大，原则是尽量做成旧的，而不能做成新的。我开始是准备做成皮脊布面来着，但合适的皮难找，做起来又费功夫，最后决定还是做成全布面。从外国旧书上拆下来一个书壳，作为我的书壳（因为懒得自己做，而不是必须如此），按书的开本裁好大小；封面布也没有现成的，是从家里翻出旧裙布代替，我虽然觉得图案和质地都不满意，但想到书是诗话，也还过得去，因而裱了作为书壳的布面；环衬用的是灰色的旧纸。所谓环衬是一半贴在书上，另一半贴在书壳里封的那张纸。这张纸最好用厚的旧纸，最不能用的是新的白纸，那样看怎么也不像一本旧书，如果没有旧纸也要用颜色相衬的为适宜。

最后讨论一下细节：因为书比较大和厚，书壳的纸板也要选择厚一些；书壳的边相对书页出来的要合适，多了少了都难看；上下堵头最好也用旧布做；书面和书脊之间有一条压槽，这个要是做不出来的话，整本书的装帧都大为失色。

现在书修好了。修书的意思就是在完美的藏书中增加一册，从书橱中取出来时，不再为它的种种缺陷而懊恼。有时候一册无法修复的书更可能改装成理想装帧的书——如精装本之类，我就喜欢精装本。我以前读过香港老辈作家侣伦的散文集《向水屋笔语》，得知他的癖好是凡喜欢的书，都按己意予以重装，不知这些经他手重装的书是怎样的模样，很想一窥究竟。

2017 年 9 月 5 日　清河

跋

　　这本书分为两辑。第一辑各篇是以前写的，现经认真修改，许多篇实际是重写，图片重拍；第二辑为近年在报纸媒体所发新稿，有些篇尚未发表过。因为前后各稿拉杂写成，时间有十年之久，故名曰《迤逦集》。

　　感谢出版社和本书责编，也感谢老友吴兴文兄和谢其章兄，没有他们的提携，本书不可能有出版的机会。

作者　2018 年 11 月 26 日

图书在版编目（CIP）数据

迤逦集 / 柯卫东著 . —杭州：浙江大学出版社，
2020.6
（三味书屋）
ISBN 978-7-308-19885-1

I.①迤… Ⅱ.①柯… Ⅲ.①杂文集—中国—当代 Ⅳ.① I267.1

中国版本图书馆 CIP 数据核字（2020）第 003255 号

迤逦集

柯卫东 著

责任编辑	叶　敏
责任校对	朱卓娜　周红聪　汪淑芳
装帧设计	蔡立国
出版发行	浙江大学出版社
	（杭州天目山路 148 号 邮政编码 310007）
	（网址：http://www.zjupress.com）
制　作	北京大有艺彩图文设计有限公司
印　刷	北京中科印刷有限公司
开　本	880mm×1230mm　1/32
印　张	8.5
字　数	136 千
版印次	2020 年 6 月第 1 版　2020 年 6 月第 1 次印刷
书　号	ISBN 978-7-308-19885-1
定　价	68.00 元

版权所有　翻印必究　印装差错　负责调换
浙江大学出版社市场运营中心联系方式：(0571) 88925591；http://zjdxcbs.tmall.com